3/12/77

Zu diesem Buch

John Colliers Arbeiten – rororo-Leser wissen das schon seit seinem Geschichtenband «Blüten der Nacht» (rororo Nr. 1324) – sind Glanzstücke durchtriebenen Einfallsreichtums, funkelnden Witzes und teuflischer Pointen. Auch diese neuen fünfzehn merkwürdigen Kurzgeschichten lesen sich wie spannende Kriminalstories. Literarisch zwischen dem Horror-Klassiker Edgar Allan Poe und dem verspielt-sinistren Roald Dahl einzuordnen, ist John Colliers Stil dennoch unverwechselbar: knapp, elegant und voll hinterhältiger Andeutungen. Das Phantastische wird hier selbstverständlich und das Selbstverständliche phantastisch. Colliers Geschichten erscheinen wie Gratwanderungen zwischen der Wirklichkeit und den Welten unseres nicht immer ehrenhaften Unterbewußtseins. Collier, schrieb ein amerikanischer Kritiker, ist «Meister einer Ironie, die so vollkommen abgewogen ist, daß ihr Horror kaum jemals frei von Humor und ihr Humor kaum jemals frei von Horror ist». Wir erfahren von einem Ehemann, der einen Giftpilz ißt, den er eigentlich seiner Frau zugedacht hat; einem Verliebten, der sich von einem Tierpräparator ausstopfen läßt, um in der Nähe seiner trophäensammelnden Angebeteten zu sein; einem Landarzt, der von zwei Nachbarn auf eine Idee gebracht wird, wie er seine untreue Frau risikolos umbringen kann; einem Mann, der sich in Zwillingsschwestern verliebt und, um beide heiraten zu können, selbst die Doppelrolle eines Zwillings spielt; einem Schausteller, dessen rechnendes Schwein beinahe seine junge Ehe zerstört; einem Engländer, der mühsam den indischen Seiltrick erlernt, mit dem Erfolg, daß seine Frau sich am oberen Seilende, allen Blicken entzogen, von einem indischen Jüngling verführen läßt.

«New York Times»: «Colliers Werk ist eine Welt voller Mondschein und Albdruck. Ihre Vorstadtstraßen sind bevölkert von bösen Geistern und Engeln, erfüllt von magischem Zauber, groteskem Melodram, irrwitzigen Possen: verblüffend, zwerchfellerschütternd, erschreckend.»

John Collier, geboren am 3. Mai 1901 in London, begann mit achtzehn Jahren Gedichte zu veröffentlichen, die dann in dem Band «Gemini» gesammelt wurden. Später wandte er sich der Prosa zu und schrieb die Romane «His Monkey Wife», «Tom's A-Cold» und «Defy the Foul Fiend». Zusammen mit Iain Lang gab er den Band «Just the Other Day» heraus, ein Resümee der Nachkriegsereignisse und -tendenzen. Vor allem aber wurde John Collier durch seine wahrhaft ungewöhnlichen und brillanten Kurzgeschichten berühmt. Er erhielt mehrere literarische Auszeichnungen, wohnte lange Zeit in Los Angeles, arbeitete zeitweilig für Hollywood und lebt heute abwechselnd in Frankreich und den USA.

John Collier

Mitternachtsblaue Geschichten

rororo

Rowohlt

Die fünfzehn für diesen Band ausgewählten Erzählungen erschienen erstmals in folgenden Ausgaben:
Abenteuer an einem See (Incident on a Lake), Ein Männlein steht im Walde ... (Three Bears Cottage), De Mortuis (De Mortuis), Novembernebel (Season of Mists), In den Karten (In the Cards), Traumdeutung (Interpretation of a Dream), Kleines Memento (Little Memento) in «Pictures in the Fire», Rupert Hart-Davis Ltd., London, 1958
Bottle-Party (Bottle Party), Malefizgeld (Witch's Money), Eichhörnchen haben blanke Augen (Squirrels Have Bright Eyes), Grüne Gedanken (Green Thoughts), Mary (Mary), Der indische Seiltrick (Rope Enough) in «Presenting Moonshine», Rupert Hart-Davis Ltd., London, 1941
Mitternachtsblau (Midnight Blue), Dornröschen (Sleeping Beauty) in «Fancies and Goodnights», Doubleday & Company, Inc., New York, 1951
Deutsch von Susanna Rademacher
Umschlagentwurf Manfred Waller
unter Verwendung einer Zeichnung von Chas Addams

1.–20. Tausend	November 1972
21.–30. Tausend	März 1973
31.–40. Tausend	November 1973
41.–45. Tausend	November 1974
46.–50. Tausend	Oktober 1975
51.–55. Tausend	Oktober 1976

Ungekürzte Ausgabe
Veröffentlicht im Rowohlt Taschenbuch Verlag GmbH, Reinbek bei Hamburg, November 1972

Satz Aldus (Linofilm-Super-Quick)
Gesamtherstellung Clausen & Bosse, Leck/Schleswig
Printed in Germany
380-ISBN 3 499 11559 X

Für Gus Lobrano

Abenteuer an einem See

Mr. Beaseley betrachtete sich am Tage nach seinem fünfzigsten Geburtstag beim Rasieren im Spiegel; man mußte es zugeben: er hatte auffallende Ähnlichkeit mit einer Maus. «Tschiep, tschiep!» sagte er achselzuckend zu seinem Spiegelbild. «Das könnte mir egal sein – wäre es nicht wegen Maria. Ich weiß noch, als wir heirateten, erinnerte sie mich an ein junges Kätzchen. Inzwischen ist sie merklich herangereift.»

Er knüpfte seine bindfadendünne Krawatte und eilte hinunter, ganz verängstigt bei der Vorstellung, daß er zu spät zum Frühstück kommen könnte. Gleich danach mußte er seinen Drugstore aufmachen, in dem er, wie in kleinen Städten üblich, bis zehn Uhr abends beschäftigt sein würde, ohne viel einzunehmen. Tagsüber würde Maria hin und wieder hereinschauen, um ihn zu überwachen und ihm ohne Rücksicht auf etwaige Kunden seine Fehler und Schwächen vorzuhalten.

Einen kurzen Trost fand er allmorgendlich in der Zeitung, in der er vor allem anderen den fesselnden Artikel von Mr. Ripley las. Freitags erwartete ihn ein noch größerer Genuß, denn an diesem Tag bekam er seine Lieblingszeitschrift, *Wunder der Naturwissenschaft*. Diese Lektüre stellte in seinem sonst hoffnungslosen Dasein sozusagen ein Schlupfloch dar, durch das er dem Unerträglichen ins Unglaubliche entfloh.

An diesem speziellen Morgen war das Unglaubliche so gütig, sich zu Mr. Beaseley zu bemühen. Es kam in Gestalt eines länglichen Briefumschlages, der den eleganten Briefbogen einer bekannten Anwaltsfirma enthielt. «Ob du es glaubst oder nicht, meine Liebe», sagte Mr. Beaseley zu seiner Frau, «ich habe vierhunderttausend Dollar geerbt.»

«Woher weißt du das? So zeig doch her!» rief Mrs. Beaseley. «Tu nicht so geheimnisvoll mit diesem Brief!»

«Hier», sagte er. «Lies ihn. Steck deine Nase hinein. Wohl bekomm's!»

«Oho!» sagte sie. «Nur nicht so stolz!»

«Warum nicht?» sagte er, sich in den Zähnen stochernd. «Ich habe vierhunderttausend Dollar geerbt.»

«Wir werden uns eine Wohnung in New York leisten können», sagte seine Frau, «oder ein Häuschen in Miami.»

«Du bekommst die Hälfte des Geldes und kannst damit machen, was du willst», sagte Mr. Beaseley. «Ich meinerseits gedenke zu reisen.»

Mrs. Beaseley hörte dieses mit Bestürzung, die sie stets bei dem Gedanken überkam, daß sie etwas verlieren könnte, was ihr gehörte, mochte es noch so alt und wertlos sein. «Du würdest mich also verlassen», sagte sie, «und irgendeinem Eingeborenenweib nachjagen? Ich dachte, du wärest über dergleichen hinaus.»

«Die einzigen Eingeborenenfrauen, die mich interessieren», sagte er, «sind die auf einem Bild bei Ripley – mit so großen Lippen, daß man einen Teller draufstellen kann. Und in *Wunder der Naturwissenschaft* waren welche abgebildet, die hatten Hälse so lang wie Giraffen. Die würde ich auch gern sehen, und dann Pygmäen und Paradiesvögel und die Tempel von Yukatan. Ich habe dir die Hälfte des Geldes angeboten, weil ich weiß, daß dir das Leben in der Stadt und in der großen Gesellschaft lieber ist. Ich ziehe es vor zu reisen. Wenn du willst, kannst du ja mitkommen.»

«Das werde ich auch», sagte sie. «Und vergiß nicht: ich tue es für dich, damit du nicht vom rechten Pfad abkommst. Und wenn du es satt hast, die Welt zu beglotzen und zu beschnüffeln, dann nehmen wir uns eine Wohnung in New York und ein Häuschen in Miami.»

Mrs. Beaseley ging also grollend mit auf die Reise, bereit, die Hölle zu ertragen, wenn sie dadurch ihren Mann um ein Stückchen Himmel bringen konnte. Ihre Reisen führten sie in tiefe Wälder, wo jedes Fenster ihres nüchternen, kahlen Zimmers – Wände, Fußboden und Decke, alles aus rohem Fichtenholz – den Ausblick auf eine perfekte kleine Cézanne-Landschaft bot: schräge Flächen bläulichen Lichts zwischen den Senkrechten der Pinien oder sprühende Helle auf dem frischen Grün eines schwebenden Zweiges. In den Bergen der Anden dagegen war ihr Fenster ein Rechteck von flammendem Azurblau, in dem zuweilen ganz unten in der Ecke eine kleine schneeweiße Wolke schwamm wie ein Stück fest zusammengerollter Watte. In den Strandhütten tropischer Inseln legte ihnen die Flut wie ein einfallsreicher, geschmackvoller Hotelwirt jeden Morgen ein kleines Geschenk vor die Tür: ein fächerförmiges Gerippe von violettem Seetang, einen Seestern oder eine Muschel. Mrs. Beaseley, die mehr für das Landläufige war, hätte eine Flasche Hochprozentigen und eine Nummer des *Examiner* bevorzugt. Sie seufzte unaufhörlich nach einer Wohnung in New York und einem Häuschen in Miami und benutzte jede Gelegenheit, ihren armen Mann dafür zu strafen, daß er ihr diese Dinge vorenthielt.

Wenn ein Paradiesvogel sich auf einem Ast über seinem Kopf niederließ, stieß sie geflissentlich einen heiseren Schrei aus, der das interessante Geschöpf verjagte, bevor Mr. Beaseley es studieren konnte. Sie sagte ihm die falsche Aufbruchszeit für den Ausflug zu den Tempeln von Yukatan und lenkte seine Aufmerksamkeit von einem Gürteltier ab, indem sie so tat, als wäre ihr etwas ins Auge geflogen. Angesichts der berühmten Busen von Bali, die ihnen wie Trauben vom Kai entgegenstarrten, machte sie kurzerhand kehrt und ging, ihren protestierenden Gatten die Gangway hinauftreibend, schnurstracks aufs Schiff zurück.

Sie bestand auf einem ausgedehnten Aufenthalt in Buenos Aires, weil sie sich eine Dauerwelle und eine Gesichtsbehandlung machen lassen, ein paar schicke Kleider kaufen und zum Rennen gehen wollte. Mr. Beaseley tat ihr aus Anstand den Willen, und sie nahmen ein Appartement in einem komfortablen Hotel. Als seine Frau eines Nachmittags beim Rennen war, schloß unser Freund in der Hotelhalle Bekanntschaft mit einem kleinen portugiesischen Arzt, und bald entspann sich eine lebhafte Unterhaltung über Hoazins, Riesenschlangen und Axolotls. «Übrigens», sagte der Portugiese, «ich war kürzlich im Quellgebiet des Amazonas, wo es diese tollen Sümpfe und Seen gibt. Nach Aussage der Indianer lebt in einem dieser Seen ein von der Wissenschaft noch unerforschtes Geschöpf – ein riesengroßes Tier, halb Alligator, halb Schildkröte, mit einem Panzer, einem langen Hals und säbelartigen Zähnen.»

«Was für ein interessantes Tier!» rief Mr. Beaseley verzückt.

«Ja, ja», sagte der Portugiese. «Es ist sicher interessant.»

«Wenn ich nur dorthin reisen könnte!» rief Mr. Beaseley. «Wenn ich nur mit diesen Indianern reden könnte! Wenn ich dieses Tier nur sehen könnte! Haben Sie zufällig nichts anderes vor? Würden Sie sich zu einer kleinen Expedition überreden lassen?»

Der Portugiese war bereit, und bald war alles abgemacht. Als Mrs. Beaseley vom Rennen zurückkam, vernahm sie zu ihrer Enttäuschung, daß sie unverzüglich aufbrechen, den Amazonas hinauffahren und sich eine Zeitlang auf dem unerforschten See, umgeben von degenerierten Indianern, aufhalten würden. Die Beleidigungen, mit denen sie den Portugiesen überschüttete, quittierte dieser nur mit Verbeugungen, denn er hatte mit Mr. Beaseley eine sehr annehmbare finanzielle Abmachung getroffen.

Mrs. Beaseley beschimpfte ihren Mann während der ganzen Flußfahrt und hackte vor allem darauf herum, daß es das gesuchte Geschöpf überhaupt nicht gäbe und daß er das leichtgläubige Opfer eines Schwindlers geworden wäre. Obwohl er gegen den üblichen Strom ihrer Beschwerden abgehärtet war, ließ ihn dieser Vorwurf, der ihn vor dem Portugiesen demütigte, schmerzlich zusammenzucken. Außerdem war ihre Stimme so laut und schrill, daß er während der Tausende von Kilometer langen Fahrt auf dem berühmtem Strom nichts weiter sah als die rasch verschwindenden Hinterteile von Tapiren, Klammeraffen und riesigen Ameisenbären, die in die heimlichen Tiefen des undurchdringlichen Dschungels flüchteten.

Schließlich kamen sie an den See. «Woher weißt du, ob das der See ist, von dem er gesprochen hat?» sagte Mrs. Beaseley zu ihrem Mann. «Wahrscheinlich ist es einfach *irgendein* See. Was sagen diese Indianer zu ihm? Man kann kein Wort verstehen. Du nimmst alles auf Treu und Glauben hin. Du wirst nie ein Ungeheuer zu sehen bekommen. Nur ein Narr kann so etwas glauben.»

Mr. Beaseley sagte nichts. Der Portugiese erfuhr bei seinem Gespräch mit den Indianern von einer leerstehenden Grashütte, die sie denn auch nach erheblichen Mühen ausfindig machten. Sie zogen ein. Die Tage vergingen. Mr. Beaseley hockte, mit dem Fernglas bewaffnet, im Schilf und wurde fürchterlich von Moskitos zerbissen. Nichts zeigte sich.

Mrs. Beaseley brachte das Kunststück fertig, einen befriedigten Ton anzunehmen, ohne im mindesten von ihren Beleidigungen abzulassen. «Ich mache das nicht mehr mit», sagte sie zu ihrem Mann. «Ich habe mich von dir herumschleppen lassen. Ich habe mich bemüht, auf dich aufzupassen. Ich bin Hunderte von Kilometer in einem Kanu mit Eingeborenen gefahren. Jetzt muß ich sehen, wie du unser Geld an einen Gauner verschleuderst. Morgen früh fahren wir nach Para.»

«Du kannst gern fahren, wenn du willst», sagte er. «Ich werde dir einen Scheck über zweihunderttausend Dollar ausschreiben. Vielleicht kannst du einen vorbeifahrenden Eingeborenen dazu bringen, dich in seinem Kanu den Strom hinunter mitzunehmen. Aber ich komme nicht mit.»

«Das werden wir sehen», sagte sie. Sie hatte nicht die leiseste Absicht, ihren Mann allein zu lassen, er hätte sich ja womöglich amüsieren können. Trotzdem drohte sie ihm weiter damit, nachdem er den Scheck ausgeschrieben und ihr überreicht hatte; wenn er nachgab, hatte sie ihren Triumph, wenn nicht, dann war es ein Posten mehr auf seinem Schuldkonto.

Eines Morgens stand sie zufällig früh auf und ging hinaus, um sich aus den köstlichen Früchten, die in Hülle und Fülle um die Hütte herum hingen, ein reizloses Frühstück zu bereiten. Sie war noch nicht weit gegangen, als ihr Blick auf den sandigen Boden fiel, und da sah sie eine Fußspur, fast einen Meter breit, gespreizt, mit Sporen und Krallen. Drei Meter weiter entdeckte sie den Abdruck des anderen Fußes.

Mrs. Beaseley betrachtete diese erstaunlichen Fußspuren weder mit Ehrfurcht noch mit Interesse, sondern lediglich mit Ärger über den Triumph ihres Mannes und die gerettete Ehre des Portugiesen. Sie stieß keinen Schrei des Erstaunens aus, sie rief auch die schlafenden Männer nicht; sie schnaufte nur kurz und verächtlich. Dann suchte diese gewissenlose Frau sich einen großen Palmwedel, und damit löschte sie die hochinteressanten Fußspuren aus, die noch keines weißen Mannes Auge erblickt hatte. Dann suchte sie grimmig lächelnd nach der nächsten Spur, um auch diese zu verwischen. Ein Stückchen weiter entdeckte sie wieder eine und dann noch eine und so weiter – bis zu der letzten unmittelbar am Ufer des lauen Sees, und alle löschte sie mit ihrem Palmwedel aus.

Nachdem Mrs. Beaseley auch die letzte Spur verwischt hatte, richtete sie sich auf. Sie wandte sich zur Hütte zurück und sagte zu ihrem schlafenden Gatten: «Das werde ich dir erzählen, wenn wir erst in Miami wohnen und du zu alt dazu bist, auf Expeditionen zu gehen.»

In diesem Augenblick erhob sich in dem Wasser hinter ihr ein Strudel, und sie wurde von einem Maul voller Zähne gepackt, die genau wie Säbel aussahen. Sie kam nicht dazu, die übrigen von dem Portugiesen aufgezählten Merkmale zu kontrollieren, aber zweifellos entsprachen sie seiner Beschreibung. Sie verschwand mit einem kurzen Aufschrei, der jedoch ungehört verhallte, weil sie sich während der vergangenen Wochen heiser geredet hatte, und selbst wenn ihn jemand gehört hätte, so wäre er leicht mit dem Brunstschrei des angeblich ausgestorbenen Riesenfaultiers zu verwechseln gewesen. Tatsächlich trat kurz darauf das letzte überlebende Riesenfaultier aus dem Dschungel; es sah sich nach allen Seiten um, zuckte resigniert die Achseln und ging dorthin zurück, woher es gekommen war.

Bald danach erwachte Mr. Beaseley; er bemerkte die Abwesenheit seiner Frau und weckte schließlich den Portugiesen. «Haben Sie meine Frau gesehen?» fragte er.

«Also hören Sie mal!» sagte der kleine Portugiese und schlief wieder ein.

Mr. Beaseley ging hinaus, sah sich um und ging schließlich zu seinem Freund zurück. «Ich fürchte, meine Frau ist weggelaufen», sagte er. «Ich habe ihre Fußspuren gefunden: sie führen zum See hinunter. Offenbar hat sie einen Eingeborenen mit einem Kanu getroffen, den sie überredet hat, sie den Strom hinunter mitzunehmen. Sie hat schon immer damit gedroht, sie wollte so gern ein Häuschen in Miami haben.»

«Kein schlechter Ort», sagte der Portugiese, «aber so, wie die Dinge liegen, ist Buenos Aires vielleicht besser. Dieses Ungeheuer ist eine große Enttäuschung, mein lieber Freund. Lassen Sie uns nach Buenos Aires zurückfahren, da werde ich Ihnen ein paar hochinteressante Dinge – natürlich von ganz anderer Art – zeigen, von denen Ihr Ripley sich nichts träumen läßt.»

«Was sind Sie doch für ein angenehmer Reisegefährte!» sagte Mr. Beaseley. «Sie machen selbst das Großstadtleben verlockend.»

«Gut, und wenn Sie davon genug haben, können wir jederzeit weiterziehen», sagte der Portugiese. «Ich kenne tropische Inseln, wo die Mädchen zwar nicht so große Lippen haben, daß man Teller draufstellen kann, aber trotzdem Wunder der Natur sind, und ihre Tänze sind Wunderwerke der Kunst.»

Ein Männlein steht im Walde

«Unsere Henne hat zwei Eier gelegt», sagte Mrs. Scrivener. «Ich habe sie uns zum Frühstück gekocht.» Dabei enthüllte sie, eine schneeweiße Serviette entfaltend, die Schätze des Hühnerhofes, ein weißes Ei und ein braunes Ei; das erstere tat sie in den Eierbecher ihres Mannes, das letztere in ihren eigenen.

Das Ehepaar Scrivener wohnte in einem Haus mit steilem Dach und weißem Giebel, das in waldigem Gelände zwischen jungen Birken stand. Es war ein sehr kleines Haus, aber dafür brauchten sie wenig Miete zu zahlen. Sie lebten recht bescheiden, denn Henry hatte sich mit vierzig Jahren zur

Ruhe gesetzt, um die Natur zu studieren. Trotzdem war das kleine Anwesen pieksauber und sorgsam gepflegt. Jede Woche reifte in ihrem Gärtchen ein neuer Salatkopf heran. Seine Fortschritte wurden täglich genauestens verfolgt, und sobald er auf der Höhe, dem Gipfel seiner Entwicklung war, wurde er geschnitten und gegessen.

Am nächsten Tag hatten sie dann einen Blumenkohl.

Menschen, die so geruhsam, von einer kleinen Freude zur anderen leben, haben ausnahmslos einen fast durchsichtig reinen Teint und lebhafte Vogelaugen. Außerdem haben sie ein sehr feines Gefühl für den Unterschied zwischen zwei frisch gelegten Eiern, der – wie so manche andere Feinheiten – im Getriebe der Großstadt häufig übersehen wird. Beide Scriveners wußten sehr wohl, daß braune Eier – entgegen dem von Händlern bestärkten Aberglauben – nicht nur ansprechender aussehen, sondern auch nahrhafter und schmackhafter sind. Als Mr. Scrivener bemerkte, daß seine Frau das braune Ei für sich behalten hatte, wurden seine Augen noch runder und vogelähnlicher. «Ella», sagte er, «wie ich sehe, hast du mir das weiße Ei gegeben und das braune für dich behalten.»

«Ja», sagte sie, «warum nicht? Warum soll ich nicht das braune Ei haben? Schließlich halte *ich* ja das Haus so sauber und adrett, *ich* putze den Käfig des Kanarienvogels so blitzblank – was du mir abnehmen würdest, wenn du ein Mann wärest. Du püttjerst doch bloß im Garten, und dann treibst du dich im Wald herum und studierst die Natur.»

«Nenn unseren Dickie nicht so verächtlich ‹Kanarienvogel›», erwiderte ihr Mann. «Manchmal denke ich, du kennst überhaupt keine Liebe zu irgendeinem Lebewesen, am wenigsten zu mir. Schließlich bin ich es, der täglich unsere liebe Henne füttert, und ich finde, wenn sie ein braunes Ei legt, könnte ich wenigstens *gefragt* werden, ob ich es haben möchte.»

«Ich glaube, ich kenne deine Antwort im voraus», sagte sie, kurz auflachend. «Nein, Henry. Ich habe nicht vergessen, wie du dich benommen hast, als die Tomate reif war. Ich glaube, je weniger man darüber sagt, wem in diesem Hause was zusteht, desto besser.»

Henry fiel keine passende Erwiderung ein. Er betrachtete mißmutig das weiße Ei, das ihm minderwertiger erschien denn je. Seine Frau köpfte ihr Ei mit beleidigend kratzigem Geräusch. Henry sah sich das Ei noch einmal an und dachte: «Bei Gott, es ist nicht nur weiß, es ist auch kleiner!»

Das war einfach zuviel. «Ella», sagte er, «du interessierst dich wahrscheinlich nicht für das Buch von Ripley, *Ob du's glaubst oder nicht,* denn du mißachtest ja die Wunder der Natur. Wenn ich mich recht erinnere, ist darin ein Bild von einem gekochten Ei, in dem zusammengeringelt ein unverdauter Wurm liegt. Ich glaube, es war ein braunes Ei.»

«In diesem Ei ist kein Wurm», erwiderte Ella, gelassen weiterkauend. «Sieh mal in deinem nach. Höchstwahrscheinlich wirst du da einen finden.»

Henry war in der Lage eines ungeschickten Bumerangwerfers: die Vermutung, die er Ella zugeworfen hatte, weil er hoffte, sie würde ihm dann ihr Ei überlassen, fiel höchst beunruhigend auf ihn zurück. Er unterzog sein Ei einer genauen Prüfung, kostete einen Löffelvoll und fand, daß es ihm nicht schmeckte. «Verdammt und zugenäht!» brummte er, denn wie so mancher sanftmütige Mensch neigte er zu Wutanfällen, in denen er sich hinsichtlich seiner Ausdrucksweise keinen Zwang auferlegte.

Seine Frau warf ihm einen raschen Blick zu, der ihn beschämte, aber nicht besänftigte. «Selbstsucht und Habgier», sagte er, «haben die Welt zu dem gemacht, was sie heute ist.» Ella verschlang mit unverhohlenem Genuß einen gehäuften Löffel voll. Henry stand mit verkniffenen Lippen und flammenden Augen vom Tisch auf, langte nach seiner Mütze und stapfte aus dem Haus. Ella zog nur die Augenbrauen hoch, dann nahm sie sich seines verschmähten Eies an, das sie nicht weniger schmackhaft fand als das erste. Das versetzte sie in ausgezeichnete Laune, und sie ging mit einem eher spitzbübischen als schadenfrohen Lächeln an ihre Haushaltspflichten.

Henry hingegen schlug auf seinem Weg zum Wald wütend nach den hochstehenden Gräsern und Kräutern. «Was war ich für ein Trottel!» brummte er vor sich hin. «Sich so früh zur Ruhe zu setzen und zu glauben, das Glück wäre in einer Hütte zu finden! Ich stellte mir das einfache Leben so vergnüglich vor wie in einer Kindergeschichte. Zwei Tassen, die eine mit Rosen, die andere mit Kornblumen verziert. Zwei Teller, der eine mit blauem, der andere mit rotem Rand. Zwei Äpfel am Baum, beide rotbackig, aber der eine ein bißchen größer als der andere, *und der sollte für mich sein*! Es ist nur recht und billig, daß ich als Mann den größeren bekomme. Ja, es könnte ein göttliches Leben sein, wenn Ella nur Sinn dafür hätte, was sich gehört. Wie glücklich könnte ich sein, wäre sie nur liebevoller und gutartiger, nicht so habgierig, nicht so versessen darauf, alten Groll aufzurühren, wenn sie etwas blonderes Haar und eine schlanke Figur hätte und an die zwanzig Jahre jünger wäre! Aber kann man von so einer Frau verlangen, daß sie sich ändert?»

An diesem Punkt seiner Überlegungen angekommen, fiel sein Blick auf einen ganz besonders hübschen Pilz von der Gattung *Clavaria*, und er stieß einen Freudenruf aus. Es gehörte zu ihrem Sparsamkeitsprogramm, daß sie durch alles Eßbare, was Wald und Feld boten, Abwechslung in den Küchenzettel brachten und Waldbeeren und Wildsalate sammelten, vor allem aber die verschiedenen Sorten eßbarer Pilze, die sie besonders wohlschmeckend und nahrhaft fanden.

Henry pflückte daher auch diesen und wickelte ihn in sein Taschentuch. Wäre er seinem natürlichen Impuls gefolgt, so hätte er auf der Stelle kehrtgemacht und wäre strahlend zu seiner Eheliebsten geeilt (oder auch, seinen wertvollen Fund als Überraschung hinter dem Rücken versteckt, mit trauriger Miene vor sie hingetreten), jedenfalls aber früher oder später frohlockend damit herausgerückt. «Hier, mein Schatz», hätte er gesagt, «ein phantastisches Exemplar von der Gattung *Clavaria*! Schüre dein Feuer, meine Liebe, und serviere ihn uns dampfend heiß zum Mittagessen. Jeder bekommt eine Hälfte – ein Stückchen für dich, ein Stückchen für mich.» Diese edelmütige Regung wurde von dem Gedanken erstickt, daß Ella weder so gutmütig und blond noch so schlank und jung war, wie sie hätte sein sollen. «Außerdem», dachte er, «wird sie es bestimmt so einrichten, daß sie die größere Hälfte bekommt, und einen Pilz zu zerschneiden ist sowieso ein Fehler, weil dabei die nahrhaften Säfte verlorengehen.»

Er sah sich nach allen Seiten um in der Hoffnung, einen zweiten Pilz dieser Sorte zu finden, fand aber keinen. «Wie freudig würde ich ihn nach Hause bringen», dachte er, «wenn ich von einem Wesen begrüßt würde, wie ich es mir oft vorgestellt habe! Wie gern würde ich die nahrhaften Säfte opfern! So aber werde ich ihn lieber an einem Stock rösten. Es ist ein Jammer, denn dabei trocknen sie leicht aus.»

Er begann nach Zweigen zu suchen, um ein Feuerchen zu machen, und fast sofort fiel sein Blick auf einen anderen Pilz von höchst interessanter Form und einer perlmutterartigen Blässe, die für den Naturforscher Bände spricht. Er erkannte ihn sofort als den Todesengel, von der vorurteilsfreien Wissenschaft mit dem unfeinen Namen *Amanita phalloides* bezeichnet (die Damen mögen das Latein entschuldigen). Er verbindet die lebenspendendste aller Formen mit dem tödlichsten aller Stoffe, und schon der Genuß eines kleinsten Stückchens fällt den Menschen wie ein Blitzschlag. Henry blickte respektvoll auf diesen furchtbaren Pilz und konnte einen leichten Schauder nicht unterdrücken. «Trotzdem», sagte er, «der Name ist bestimmt sehr passend. Wo so ein Giftpilz wächst, könnte man eine zierlich tanzende Elfe erwarten, ein zaubrisches Geschöpfchen mit goldenem Haar ... Und, bei allem Wunderbaren», rief er, «ich glaube wirklich, ich sehe gerade das – bildlich gesprochen!»

Mit zitternden Händen pflückte er den todbringenden Leckerbissen und legte ihn zu dem anderen in sein Taschentuch, schob aber vorsichtig eine Leinenfalte zwischen die beiden Pilze, damit sie sich nicht berührten. «Ella hat immer häßliche Witze über die Natur gemacht», sagte er. «Jetzt soll sich die Natur mit ihr einen Witz machen.»

Er eilte sofort zu seinem Haus zurück, wo Ella ihn lächelnd begrüßte. «Es lächelt sich leicht, wenn man zum Frühstück zwei Eier gegessen hat», dachte unser Held. «Mal sehen, ob du noch lächelst, wenn du *Amanita phalloides* zu Mittag gegessen hast.» Diese Überlegung erheiterte ihn ungemein, und er gewährte seiner Frau ein sehr glaubhaftes Schmunzeln, aus dem sie schloß, daß ihre kleine Meinungsverschiedenheit völlig vergessen sei. Das fand sie hocherfreulich, weil sie ein einfaches, unkompliziertes Geschöpf war und ihr Blut nach der doppelten Frühstücksration warm und träge durch ihre Adern floß.

«Sieh mal, was ich gefunden habe», sagte Henry. «Zwei Pilze von verschiedener Art. Dieser ist ein *Clavaria*, ein eßbarer Pilz von recht anständigem, befriedigendem Geschmack.»

«Und der andere, der so weiß wie eine Perle aussieht?» fragte sie.

«Oh, das ist ein *Eheu fugaces*», sagte der tückische Gatte.

«Was für ein hübscher Name!» sagte sie. «Aber eine sehr merkwürdige Form für einen Pilz, meine ich!»

«Das ist nicht so wichtig», sagte er. «Er ist unglaublich nahrhaft, weil er reich an Vitaminen ist – Vitamin D, E, A, T und H –, außerdem aber so schmackhaft, daß er einer königlichen Tafel Ehre machen würde. Darum werde ich ihn selbst essen, denn so, wie du gebaut bist, hast du kaum etwas Königliches.»

«Ach ja, das stimmt», sagte sie kichernd. «Das stimmt wirklich, Liebling. Haha! So wie ich gebaut bin!»

Bei dieser Antwort schwammen Henry alle Felle weg, hatte er doch erwartet, daß sie den tödlichen Pilz, sobald er seinen hohen Vitamingehalt und guten Geschmack rühmte, energisch für sich beanspruchen würde. Da er jedoch ein wendiger Mann war, schlug er sofort einen anderen Kurs ein. «Du sollst diesen ausgezeichneten Pilz trotzdem haben», sagte er, «denn ich glaube, du verdienst ihn wirklich.»

«Das ist sehr lieb von dir, Henry», sagte sie. «Wie soll ich dir diese Freundlichkeit lohnen? Womit kann eine Frau einem guten Ehemann ihre Dankbarkeit zeigen?»

«Schneide die Pilze klein, und koche jeden für sich, damit der Geschmack jeder Sorte erhalten bleibt. Serviere sie getrennt auf Toast, und streu reichlich geriebenen Käse darüber.»

«Das werde ich tun», sagte sie, «obwohl es mir leid tut, sie kleinzuhakken.» Sie gab ihm einen kleinen Rippenstoß, ging in die Küche und machte sich an das Putzen und Zubereiten der Pilze. Henry wartete im Wohnzimmer und dachte an ein entzückendes Geschöpf, das auf den Tag zwanzig Jahre alt war. Ella warf hin und wieder einen zärtlichen Blick durch die Tür, gewahrte den Glanz in seinen Vogelaugen und ging frohen Herzens wieder an ihre Kocherei. «Er verdient nur das Beste», dachte sie, «und das soll er haben. Er soll den besseren Pilz haben, der so hohen Nährwert hat, wie er sagt, denn er ist ein König unter den Männern. Ich habe schließlich zwei Eier zum Frühstück gegessen, und das – *tralala* – ist genug für mich.»

«Komm, mein Liebes», sagte sie, als alles fertig war. «Hier ist unser Essen, und hier sind unsere Teller, meiner mit dem blauen Rand und deiner mit dem roten. Nun greif zu, mein Engel, und du wirst für deine Güte und Rücksicht belohnt werden.»

Henry, der nach seinem frugalen Frühstück hungrig war und sich zudem für den Tag stärken wollte, an dem das wahre Goldköpfchen seinen Einzug halten würde, säbelte ein ansehnliches Stück ab und stopfte es sich in den Schlund. Im selben Augenblick fuhr er vom Stuhl hoch; er begann im Zimmer herumzuhüpfen, er wand und krümmte sich, er taumelte und torkelte mit verrückten Sprüngen und Drehungen von einer Seite zur anderen. Zugleich wurde ihm übel und schwindelig. Flecke tanzten vor seinen Augen, Herzklopfen, Krämpfe, Blähungen und andere gräßliche Symptome traten auf, die ich lieber nicht schildern will.

«Du meine Güte, was hast du denn, Liebling?» fragte seine Frau. «Fühlst du dich nicht wohl?»

«Verflucht!» keuchte er. «Ich habe den Todesengel gegessen! Ich habe *Amanita phalloides* gegessen!»

«Aber hör mal, mein Lieber!» sagte sie erstaunt. «Was für ein Ausdruck! Was denkst du dir eigentlich dabei?»

«Du Rabenaas!» schrie er. «Willst du jetzt um Worte streiten? Ich sterbe! Ich bin vergiftet! Lauf und hol einen Arzt! Hörst du nicht?»

«Vergiftet?» sagte sie. «Von diesem Pilz? Aber, Henry, den wolltest du mir doch aufschwatzen!»

«Ja, ich gestehe es», sagte er. «Ich war so gekränkt und wütend. Verzeih mir. Und hol einen Arzt, um Himmels willen, oder ich bin in fünf Minuten ein Mann des Todes.»

«Ich verzeihe dir, daß du mich vergiften wolltest», sagte Ella. «Aber das gemeine Wort, das du eben zu mir gesagt hast, das kann ich nicht vergessen. Nein, Henry, das Aas eines Raben kann nicht zum Arzt laufen. Ich werde nicht weiter gehen als bis zur Schlucht da unten, wo dieser kräftige junge Holzarbeiter dabei ist, eine Ulme zu fällen. Wie oft hat er, wenn ich an ihm vorüberkam, gepfiffen wie ein Pirol im Frühling! *Den* werde ich fragen, was er von einem Mann hält, der so etwas zu seiner Frau sagt und ihr ein Ding mit so einem Namen mitbringt. Er wird mir's sagen – da kannst du Gift drauf nehmen!»

Bottle-Party

Franklin Fletcher träumte von Luxus in Form von Tigerfellen und schönen Frauen. Schlimmstenfalls war er bereit, auf die Tigerfelle zu verzichten, aber leider schienen die schönen Frauen ebenso rar und unerreichbar zu sein. Die Mädchen, die er im Büro und in seiner Pension traf, waren entweder graue Mäuse oder tückische Katzen oder verspielte Kätzchen, und andere wieder hatten seine Annoncen zu flüchtig gelesen. Sonst machte er keine Bekanntschaften. Mit fünfunddreißig gab er es auf und beschloß, sich mit einem Hobby zu trösten, obwohl das ein recht kümmerlicher Ersatz ist.

Er durchstreifte die entlegensten Winkel der Stadt, sah sich die Schaufenster von Antiquitätenhändlern und Trödlern an und fragte sich, was in aller Welt er sammeln könnte. Dabei stieß er auf einen schäbigen Laden in einer schäbigen Gasse, in dessen verstaubtem Fenster ein einziger Gegenstand ausgestellt war: ein vollgetakeltes Schiff in einer Flasche. Das erschien ihm wie ein Abbild seiner selbst, und so ging er hinein, um nach dem Preis zu fragen.

Der Laden war klein und verkommen. An den Wänden entlang zogen sich primitive Regale mit einer großen Anzahl von Flaschen jeder Form und Größe; sie enthielten alle möglichen verschiedenartigen Gegenstände, an denen nichts weiter interessant war, als daß sie in Flaschen eingeschlossen waren. Während Franklin sich noch umsah, ging eine kleine Tür auf, und herein schlurfte der Besitzer, ein verrunzelter alter Mann mit einem Hauskäppchen, der über den Kunden mäßig überrascht und mäßig erfreut zu sein schien.

Er zeigte Franklin Blumensträuße und Paradiesvögel und die Schlacht von Gettysburg und japanische Miniaturgärten und sogar einen menschlichen Schrumpfkopf, alles auf Flaschen gezogen und zugestöpselt. «Und was ist in denen da im untersten Fach?» fragte Franklin.

«Ach, nichts Besonderes», antwortete der Alte. «Viele Leute finden das Unsinn. Mir persönlich gefallen sie.»

Er zerrte einige Exemplare aus ihrem staubigen Versteck. In der einen Flasche schien nichts weiter zu sein als eine vertrocknete Fliege, in anderen etwas Undefinierbares – Roßhaare oder Strohhalme oder wer weiß was für Fasern; einige waren anscheinend mit grauem oder schillerndem Rauch gefüllt. «Das sind», erklärte der Alte, «verschiedene Arten von Kobolden, Dschins, Hexen, Dämonen und dergleichen. Ich glaube, manche von ihnen sind noch viel schwerer in eine Flasche zu kriegen als ein vollgetakeltes Schiff.»

«Aber hören Sie mal! Wir sind doch in New York», sagte Frank.

«Um so mehr Grund dafür», sagte der alte Mann, «die merkwürdigsten Dschins in Flaschen zu erwarten. Ich werd's Ihnen zeigen. Einen Moment. Der Stöpsel klemmt ein bißchen.»

«Sie meinen, in der Flasche ist einer drin?» sagte Frank. «Und Sie wollen ihn rauslassen?»

«Warum nicht?» erwiderte der Alte, von seinen Bemühungen ablassend und die Flasche ans Licht haltend. «Dieser – ach, du lieber Himmel! Von wegen: *warum nicht*! Meine Augen werden schwach. Beinah hätte ich die falsche Flasche aufgemacht. Das ist nämlich ein ganz häßlicher Bursche. Meine Güte! Wie gut, daß ich den Stöpsel nicht rausgekriegt habe. Den stelle ich lieber gleich ins Regal zurück. Ich muß mir merken, daß er rechts unten in der Ecke steht. Ich werde dieser Tage ein Etikett draufkleben. Hier ist etwas Harmloseres.»

«Was ist da drin?» fragte Frank.

«Angeblich das schönste Mädchen der Welt», sagte der Alte. «Na ja, wenn Sie an so was Geschmack finden. Ich habe mir noch nie die Mühe gemacht, sie zu öffnen. Ich suche Ihnen was Interessanteres.»

«Nun, vom wissenschaftlichen Gesichtspunkt aus», sagte Frank, «würde ich . . .»

«Wissenschaft ist nicht alles», sagte der Alte. «Sehen Sie mal hier.» Er hielt eine Flasche hoch, in der man durch das verschmutzte Glas mit Mühe ein winzigkleines, mumifiziertes, insektenartiges Etwas erkannte. «Halten Sie mal das Ohr dran.»

Frank tat es. Er hörte ein dünnes, pfeifendes Stimmchen, das ununterbrochen die Worte wiederholte: «Louisiana-Boy, Saratoga, vier-fünfzehn, Louisiana-Boy, Saratoga, vier-fünfzehn.»

«Was ist das, um Himmels willen?» fragte er.

«Das ist die Originalsibylle von Cumae», erklärte der alte Mann. «Interessant, was? Sie hat sich dem Rennsport ergeben.»

«Wirklich sehr interessant», sagte Frank. «Trotzdem, ich würde mir die andere gern einmal ansehen. Ich bin ein Verehrer der Schönheit.»

«Bißchen künstlerischer Einschlag, was?» sagte der Alte. «Aber wissen Sie, eigentlich brauchten Sie einen guten, anstelligen Mann für alles. Hier, das wäre zum Beispiel einer. Dieses Kerlchen kann ich aus eigener Erfahrung empfehlen. Sehr brauchbar. Der verschafft Ihnen alles.»

«Wirklich?» fragte Frank. «Aber wieso haben Sie dann keinen Palast mit Tigerfellen und so weiter?»

«Ich habe das alles gehabt», sagte der Alte. «Und alles durch ihn. Ja, das war meine erste Flasche, und alles übrige hat er beschafft. Vor allem einen marmornen Palast mit Gemälden und Sklaven. Und mit Tigerfellen, wie Sie sagen. Auf eins ließ ich ihn Kleopatra setzen.»

«Und wie war sie?» rief Frank.

«Ganz nett», sagte der Alte, «wenn man für dergleichen was übrig hat. Mich langweilte es mit der Zeit. Ich dachte mir: ‹Was ich eigentlich haben möchte, ist ein kleiner Laden mit Flaschen, in denen alles mögliche drin ist.› Also gab ich ihm den Auftrag. Er hat mir die Sibylle besorgt und den wilden Kerl da, kurzum: die ganze Gesellschaft.»

«Und jetzt ist er da drin?» fragte Frank.

«Ja. Jetzt ist er da drin», antwortete der Alte. «Hören Sie mal.»

Frank legte das Ohr an die Flasche und hörte ein klägliches Gewinsel: «Laß mich raus. Laß mich doch raus. Bitte, laß mich raus. Ich will ja alles tun. Laß mich raus. Ich bin harmlos. Bitte, laß mich raus. Nur für ein Weilchen. Laß mich doch raus. Ich will ja alles tun. Bitte . . .»

Frank sah den alten Mann an. «Tatsächlich», sagte er, «er ist da drin.»

«Natürlich ist er drin», sagte der Alte. «Ich würde Ihnen doch keine leere Flasche verkaufen. Wofür halten Sie mich? Eigentlich wollte ich diese überhaupt nicht verkaufen, aus Sentimentalität, wissen Sie, aber nun habe ich den Laden schon so viele Jahre, und Sie sind mein erster Kunde.»

Frank horchte wieder an der Flasche. «Laß mich raus. Laß mich raus. Ach, bitte, laß mich raus. Ich will . . .»

«Mein Gott!» sagte Frank beklommen. «Geht das so *immer* weiter?»

«Höchstwahrscheinlich», sagte der Alte. «Ich kann nicht behaupten, daß ich ihm zuhöre. Ich höre lieber Radio.»

«Es muß doch schrecklich für ihn sein», sagte Frank mitfühlend.

«Möglich», erwiderte der Alte. «Diese Geschöpfe haben anscheinend etwas gegen Flaschen. Ich für mein Teil mag sie gern. Ich finde sie faszinierend. Zum Beispiel habe ich da ...»

«Sagen Sie: ist er wirklich harmlos?» fragte Frank.

«O ja», sagte der Alte. «Völlig harmlos, glauben Sie mir. Manche Leute behaupten, diese Dschins wären heimtückisch – wegen dem östlichen Blut und so –, aber bei ihm habe ich das nie festgestellt. Ich habe ihn rausgelassen, er tat seine Arbeit, und dann mußte er wieder rein in die Flasche. Er ist sehr tüchtig, muß ich sagen.»

«Er könnte mir alles verschaffen?»

«Alles, was Sie sich wünschen.»

«Und wieviel soll er kosten?» fragte Frank.

«Ach, ich weiß nicht», sagte der Alte. «Vielleicht zehn Millionen Dollar.»

«Um Himmels willen! So viel! Das kann ich nicht bezahlen. Allerdings, wenn er wirklich so tüchtig ist, wie Sie sagen ... Ich könnte es in Raten abzahlen.»

«Machen Sie sich keine Sorge. Sagen wir statt dessen fünf Dollar. Ich habe ja alles, was ich brauche, wirklich. Darf ich ihn für Sie einpacken?»

Frank bezahlte seine fünf Dollar und eilte mit der kostbaren Flasche nach Hause, ständig in Angst, sie zu zerbrechen. Sobald er in seinem Zimmer war, zog er den Stöpsel heraus. Aus dem Flaschenhals floß eine erstaunliche Menge von rußigem Rauch, der sich alsbald zu einer Gestalt verdichtete, zu einem einsachtundneunzig großen, grobschlächtigen, fleischigen Orientalen mit Fettwülsten und Hakennase, mehreren Doppelkinnen und böse glitzerndem Augenweiß – im großen und ganzen wie ein Filmproduzent in vergrößertem Maßstab. Frank rang verzweifelt nach Worten, dann bestellte er Schaschlik, Kebab und Konfekt, und alles wurde unverzüglich aufgetragen.

Nachdem Frank sein Gleichgewicht wiedergefunden hatte, bemerkte er mit Wohlgefallen die erstklassige Qualität dieser bescheidenen Gaben und die blitzblank polierten, prachtvoll ziselierten, schwergoldenen Schüsseln, auf denen sie angerichtet waren. An solchen kleinen Einzelheiten erkennt man einen wirklich erstklassigen Dienstboten. Frank war entzückt, zügelte jedoch seine Begeisterung. «Goldene Schüsseln sind schön und gut», sagte er. «Aber kommen wir zur Sache. Ich möchte einen Palast.»

«Euer Wunsch ist mir Befehl», sagte der dunkelhäutige Leibdiener.

«Einen Palast», fuhr Frank fort, «von passender Größe, in passender Lage, mit den passenden Möbeln, Bildern und Marmorstatuen, Tapeten, Draperien und allem, was dazugehört. Ich hätte gern recht viele Tigerfelle. Ich liebe Tigerfelle.»

«Ihr werdet sie vorfinden», sagte der Sklave.

«Ich habe eine künstlerische Ader», sagte Frank, «wie dein ehemaliger Besitzer sehr richtig bemerkte. Für meine Kunst brauche ich – sozusagen – auf diesen Tigerfellen etliche junge Frauen von verschiedener Art – blonde und brünette, zierliche und junonische, schmachtende und temperamentvolle, aber alle müssen schön sein und brauchen nicht übertrieben viel anzuhaben. Ich hasse es, wenn Leute sich übertrieben anziehen, das ist unfein. Hast du verstanden?»

«Sehr wohl», sagte der Dschin.

«Dann mach dich an die Arbeit», sagte Frank.

«Würdet Ihr geruhen», sagte der Diener, «nur für eine einzige Minute die Augen zu schließen. Wenn Ihr sie wieder aufschlagt, werdet Ihr Euch von den angenehmen Dingen umgeben finden, die Ihr beschrieben habt.»

«Gut», sagte Frank. «Aber keine Mogeleien, verstanden?»

Er schloß, wie verlangt, die Augen. Ein leises, melodisches Summen und Rauschen erhob sich und verklang wieder. Als die Minute verstrichen war, öffnete er die Augen und sah sich um. Er befand sich in dem herrlichsten Palast, den man sich vorstellen kann, mit Bogengängen und Säulen, Marmorstatuen und Draperien und allem, was dazugehört, und wo er auch hinsah, erblickte er ein Tigerfell, und auf jedem Tigerfell ruhte eine bildschöne junge Frau, die bestimmt nicht unfein übertrieben angezogen war.

Unser guter Frank befand sich – milde ausgedrückt – in einem Freudentaumel. Er flitzte hin und her wie eine Biene in einem Blumenladen. Überall wurde er mit unbeschreiblich reizendem Lächeln und mit offen oder verschleiert einladenden Blicken empfangen. Hier fand er zartes Erröten und gesenkte Lider, dort ein in Leidenschaft erglühtes Antlitz. Die eine zeigte ihm ihre – keineswegs kalte – Schulter, die andere empfing ihn mit offenen Armen, und was für Armen! Hier bot sich verhüllte – vergebens verhüllte – Liebe an, dort offen triumphierende. «Ich muß sagen», gestand Frank zu später Stunde, «es war ein wirklich bezaubernder Nachmittag. Ich habe ihn gründlich genossen.»

«Darf ich dann um die Gunst bitten», sagte der Dschin, der ihm gerade sein Abendessen servierte, «darf ich um die Gunst bitten, Euch als Haushofmeister und Maître de plaisir dienen zu dürfen, anstatt in diese abscheuliche Flasche zurück zu müssen?»

«Warum nicht?» antwortete Frank. «Du hast alles sehr schön gemacht, da wäre es bestimmt ungerecht, dich wieder in die Flasche zu zwängen. Also gut, du darfst mein Haushofmeister sein, aber merk dir: was auch immer der Brauch sein mag, ich wünsche nicht, daß du ein Zimmer betrittst, ohne anzuklopfen. Und vor allem: keine Mogeleien!»

Der Dschin zog sich mit einem kriecherisch-dankbaren Lächeln zurück, und Frank begab sich alsbald wieder zu seinem Harem, wo er den Abend ebenso erfreulich verbrachte wie den Nachmittag.

Über diesem angenehmen Zeitvertreib vergingen einige Wochen. Eines Tages merkte Frank, daß er – infolge eines Gesetzes, das auch der tüchtigste Dschin nicht außer Kraft setzen kann – ein bißchen blasiert, ein bißchen mäkelig geworden war und einen Hang zu Kritik und Nörgelei hatte.

«Das sind ja sehr hübsche junge Geschöpfe», sagte er zu seinem Dschin, «wenn man für dergleichen was übrig hat, aber ich kann mir kaum vorstellen, daß sie wirklich erstklassig sind, denn sonst würden sie mich mehr interessieren. Schließlich bin ich ein Kenner, und nur das Allerbeste ist für mich gut genug. Laß sie verschwinden. Roll alle Tigerfelle auf, bis auf eins.»

«Sehr wohl», sagte der Dschin. «Siehe, es ist schon geschehen.»

«Und auf dieses Tigerfell leg mir Kleopatra.»

Im nächsten Augenblick war Kleopatra da, und man muß es zugeben: sie sah einfach prachtvoll aus. «Hallo!» sagte sie. «Da bin ich – wieder mal auf einem Tigerfell!»

«*Wieder?*» rief Frank, dem plötzlich der alte Mann im Laden einfiel. «Hier! Nimm sie zurück. Bring mir die Schöne Helena.»

Im nächsten Augenblick war die Schöne Helena da. «Hallo!» sagte sie. «Da bin ich – wieder mal auf einem Tigerfell!»

«*Wieder?*» rief Frank. «Dieser verflixte Alte! Schaff sie fort. Bring mir die Schöne Lilofee.»

Die Schöne Lilofee sagte genau dasselbe, desgleichen Madame de Pompadour, Lady Hamilton und jede andere berühmte Schönheit, die Frank einfiel. «Kein Wunder», sagte er, «daß der Alte so verrunzelt war! Dieser alte Schurke! Der alte Teufel! Er hat mir den ganzen Spaß an der Sache verdorben. Du kannst es Eifersucht nennen, aber ich denke nicht dran, nach diesem häßlichen alten Gauner die zweite Fiedel zu spielen. Wo finde ich das vollkommene Geschöpf, das würdig ist, von einem Kenner wie mir umarmt zu werden?»

«Sofern Ihr diese Frage an mich zu richten geruht», antwortete der Dschin, «möchte ich Euch daran erinnern, daß es in jenem Laden ein Fläschchen gab, das mein ehemaliger Herr nie entkorkt hat, weil er, als ich es ihm lieferte, bereits das Interesse an solchen Dingen verloren hatte. Nichtsdestoweniger steht es in dem Ruf, das schönste Mädchen der Welt zu enthalten.»

«Du hast recht», rief Frank. «Verschaff mir auf der Stelle diese Flasche.»

Binnen weniger Sekunden lag die Flasche vor ihm. «Ich gebe dir den Nachmittag frei», sagte Frank zu seinem Diener.

«Vielen Dank», sagte der Dschin. «Ich werde meine Familie in Arabien besuchen. Ich habe sie lange nicht gesehen.» Er verbeugte sich und zog sich zurück. Frank wandte seine Aufmerksamkeit der Flasche zu, und bald hatte er sie entkorkt.»

Heraus kam das allerschönste Mädchen, das man sich vorstellen kann. Mit ihr verglichen, waren Kleopatra und all die anderen alte Hexen und Vogelscheuchen. «Wo bin ich?» fragte sie. «Was ist das für ein schöner Palast? Wie komme ich auf dieses Tigerfell? Wer ist dieser hübsche junge Prinz?»

«Ich bin es!» rief Frank verzückt. «Ich!»

Der Nachmittag verging wie ein Augenblick im Paradiese. Bevor Frank sich's versah, war der Dschin zurück, um das Abendessen zu servieren. Frank wollte mit seiner Schönen speisen, denn diesmal war es wirklich Liebe. Als der Dschin die Hors d'œuvres auftrug, rollte er angesichts von soviel Schönheit die bösen Augen.

Nun begab es sich, daß Frank, ganz zappelig vor lauter Liebe, zwischen zwei Bissen in den Garten hinauslief, um für seine Geliebte eine Rose zu pflücken. Der Dschin tat so, als wollte er ihr Wein einschenken, trat dicht an sie heran und flüsterte ihr zu: «Ich weiß nicht, ob du dich an mich erinnerst. Ich war in der Flasche neben dir und habe dich oft durch das Glas bewundert.»

«O ja», sagte sie. «Ich erinnere mich recht gut an dich.»

In diesem Augenblick kam Frank zurück. Der Dschin konnte nichts weiter sagen, machte sich aber im Zimmer zu schaffen, wobei er seinen kolossalen Brustkasten aufblähte und die dicken Muskeln seiner dunklen Arme spielen ließ. «Du brauchst dich nicht vor ihm zu fürchten», sagte Frank. «Er ist nur ein Dschin. Beachte ihn gar nicht. Sag mir, ob du mich wirklich liebst.»

«Natürlich», sagte sie.

«Dann sag es», forderte er. «Warum sagst du es nicht?»

«Ich habe es doch gesagt», antwortete sie. «Ich habe ‹natürlich› gesagt. Genügt das nicht?»

Diese unbestimmte, ausweichende Antwort trübte Franks Glück, als wäre eine Wolke vor die Sonne getreten. Aufsteigende Zweifel verdarben ihm die Augenblicke höchster Wonne.

«Woran denkst du?» fragte er dann.

«Ich weiß nicht», antwortete sie.

«Aber du solltest es wissen», sagte er, und schon begannen sie zu streiten.

Ein- oder zweimal schickte er sie sogar in ihre Flasche zurück. Sie gehorchte mit einem unergründlichen, hinterhältigen Lächeln.

«Warum lächelt sie so?» fragte Frank den Dschin, dem er seinen Kummer anvertraute.

«Ich kann's nicht sagen», antwortete der Dschin. «Wer weiß, vielleicht hat sie da drin einen Liebhaber versteckt.»

«Ist das möglich?» rief Frank bestürzt.

«Es ist überraschend», sagte der Dschin, «wieviel Platz in so einer Flasche ist.»

«Komm raus!» rief Frank. «Komm sofort raus!»

Die Schöne gehorchte sofort. «Ist noch jemand in dieser Flasche?» rief Frank.

«Wie wäre das möglich?» fragte sie mit etwas zu unschuldiger Miene.

«Gib mir eine ehrliche Antwort», sagte er. «Antworte ja oder nein.»

«Ja oder nein», lautete die aufreizende Antwort.

«Du doppelzüngiges, hinterhältiges kleines Luder!» rief Frank. «Ich werde hineingehen und selbst nachsehen. Wenn ich jemand finde, dann gnade dir Gott, dir und ihm!»

Mit diesen Worten und äußerster Willensanstrengung schlängelte er sich in die Flasche. Er sah sich überall um: es war niemand da. Plötzlich hörte er über sich ein Geräusch. Er blickte auf: gerade wurde die Flasche zugestöpselt.

«Was macht ihr da?» rief er.

«Wir machen die Flasche zu», sagte der Dschin.

Frank fluchte und bettelte, flehte und betete. «Laßt mich raus!» schrie er. «Laßt mich raus. Bitte, laßt mich raus. Laßt mich doch raus. Ich will ja alles tun. Laßt mich raus, bitte.»

Der Dschin jedoch hatte anderes zu tun. Frank mußte dieses andere zu seiner unendlichen Demütigung durch die Glaswände seines Gefängnisses mitansehen. Am nächsten Tag wurde er aufgehoben und durch die Luft gewirbelt, und er landete zwischen den anderen Flaschen in dem schmutzigen, kleinen Laden, wo diese Flasche nie vermißt worden war.

Dort lag er eine lange, lange Zeit, über und über verstaubt und rasend vor Wut beim Gedanken an das, was in seinem herrlichen Palast zwischen seinem Dschin und seiner treulosen Schönen vor sich ging. Schließlich verirrten sich ein paar Matrosen in den Laden, und als sie hörten, daß diese Flasche das schönste Mädchen der Welt enthielte, legte die ganze Back zusammen, und sie kauften sie. Wieder auf See, machten sie die Flasche auf, und als nur der arme Frank herauskam, kannte ihre Enttäuschung keine Grenzen, und sie machten mit barbarischer Roheit von ihm Gebrauch.

Malefizgeld

Foiral hatte eine Ladung Kork zur Chaussee hinaufgebracht, wo sie von dem aus Perpignan kommenden Lastauto aufgenommen wurde. Als er auf dem Rückweg zum Dorf arglos und nichtsahnend neben seinem Maulesel einherging, wurde er von einem Wanderer überholt. Der Kerl war halbnackt und offenbar verrückt. So einen hatte man in dieser Gegend der Ost-Pyrenäen bestimmt noch nie gesehen.

Es war nicht so ein Idiot mit übergroßem Kopf, wie es zwei oder drei unten im Dorf gab. Er war auch nicht von dem hageren Typ wie Barrilles' alter Vater, der irre redete, seitdem das Haus abgebrannt war, und hatte auch keinen winzigkleinen zusammengeschrumpften Wackelkopf wie der jüngere Lloubes. Der hier war von einer ganz anderen Sorte.

Es war sozusagen ein *explosiver* Irrer, entschied Foiral, einer, der alles mit Getöse und Gewese heraussprudelte, unerträglich wie die Sonne. Sein sparsam mit buntem Firlefanz bekleideter Körper schien aus den Nähten zu platzen – rote Arme, rote Knie, roter Hals –, und auch sein großes, rundes rotes Gesicht platzte geradezu von Worten, Gelächter und freundlichen Grimassen.

Foiral überholte ihn auf der Höhe des Bergkammes, wo er stand und ins Tal hinabstarrte, als hätte ihn der Blitz getroffen.

«Mein Gott!» sagte er zu Foiral. «Sehen Sie sich das an!» Foiral sah sich's an. So weit er sehen konnte, war alles in Ordnung.

«Da bin ich nun wochenlang auf und ab durch diese verdammten Pyrenäen gelaufen», sagte der Irre. «Nichts als Wiesen, Birken, Tannen, Wasserfälle – alles grün wie grüne Bohnen! Und hier finde ich, was ich die ganze Zeit gesucht habe. Warum hat mir das keiner gesagt?»

Was soll man auf so eine Frage antworten! Doch da Verrückte ihre Fragen selber zu beantworten pflegen, versetzte Foiral seinem Muli einen tüchtigen Klaps und machte sich an den Abstieg. Der närrische Kerl schloß sich ihm an.

«Was ist das, um Gottes willen?» fragte er. «Ein Stückchen Spanien, das sich über die Grenze verirrt hat, oder was? Könnte ein Mondkrater sein. Wahrscheinlich kein Wasser, was? Herrgott, sehen Sie bloß diesen Kranz von roten Hügeln! Und das Rosa und Gelb dieses Bodens! Sind das Dörfer da unten? Oder die Gebeine Verstorbener?

Ja, hier gefällt's mir», fuhr er fort. «Hübsch, wie die Feigenbäume den Fels sprengen. Hübsch, wie die Feigen vor Kernen bersten. Mal was von Surrealismus gehört? Das ist lebendig gewordener Surrealismus. Was sind das für Bäume? Korkeichen? Wie versteinerte Ungeheuer! Ihr prachtvollen Ungeheuer, die ihr blutet, wenn die frechen Sterblichen euch schinden! Mit meinem Pinselchen, auf meinem Stückchen Leinwand werde ich ein wichtiges Stück eures Lebens neu erschaffen!»

Foiral, obwohl durchaus nicht fromm, ergriff die vernünftige Vorsichtsmaßnahme, sich zu bekreuzigen. Der Kerl redete immer weiter, er redete und redete während des ganzen zwei bis drei Kilometer langen Abstiegs, und Foiral antwortete mit «ja» oder «nein», oder er grunzte nur. «Das ist *mein* Land!» rief der Wahnsinnige. «Es ist für mich *geschaffen*. Ein Glück, daß ich nicht nach Marokko gefahren bin! Ist das Ihr Dorf? Wunderbar! Diese Häuser – drei, vier Stockwerke. Wie kommt es, daß sie so aussehen wie von Höhlenmenschen aufgehäuft, von Höhlenmenschen, die keine Felswand gefunden haben? Oder sind es Höhlen, von denen der Fels abgebröckelt ist, und nun stehen sie nackt und bloß in der Sonne und müssen sich dicht zusammendrängen? Wieso habt ihr keine Fenster? Der gelbe Glockenturm da gefällt mir. Hat was Spanisches. Hübsch, wie die Glocke da in dem eisernen Käfig hängt. Genauso schwarz wie Ihr Hut. Tot. Vielleicht ist es darum hier so still. Totes Geläut am Galgen vor dem Blau des Himmels! Haha! Sie scheinen das nicht komisch zu finden. Der Surrealismus ist Ihnen schnuppe? Um so schlimmer, mein Freund, denn Sie sind der Stoff, aus dem solcherlei Träume gemacht sind. Hübsch, daß ihr alle schwarz angezogen seid. Wieder was Spanisches. Ihr seht aus wie Löcher im Licht.»

«Wiedersehn», sagte Foiral.

«Moment mal!» sagte der Fremde. «Wo kann ich in diesem Dorf unterkommen? Gibt es ein Gasthaus?»

«Nein», sagte Foiral, in seinen Hof einbiegend.

«Zum Teufel!» sagte der Fremde. «Es wird doch wohl jemand ein Zimmer haben, wo ich schlafen kann?»

«Nein», sagte Foiral.

Das ernüchterte den Mann ein bißchen. «Na schön», sagte er schließlich, «ich werde mich sowieso umsehen müssen.»

Er ging also die Straße hinauf. Foiral sah ihn mit Madame Arago sprechen, die den Kopf schüttelte. Dann sah er, wie er's beim Bäcker versuchte, und der schüttelte auch den Kopf. Aber er kaufte in der Bäckerei einen Laib Brot und bei Barilles Käse und Wein. Er setzte sich auf die Bank vor dem Haus und aß; dann schlenderte er weiter, den Abhang hinauf.

Foiral hielt es für besser, ihn im Auge zu behalten, und folgte ihm bis zur höchsten Stelle des Dorfes. Der Bursche bummelte ziellos herum, ohne etwas aufzuheben oder sonst etwas zu tun. Dann wanderte er zu dem kleinen Bauernhaus hinüber, wo der Brunnen ist, ein paar hundert Meter oberhalb der anderen Häuser.

Nun gehörte dieses Häuschen zufällig Foiral, dem es die Frau mit in die Ehe gebracht hatte – eine gute Bleibe für einen Sohn, wenn sie einen gehabt hätten. Als Foiral den Fremden diesen Weg einschlagen sah, folgte er ihm, weder zu schnell noch zu langsam, Sie verstehen schon. Und natürlich, als er oben ankam, spähte der Kerl durch die Ritzen der Fensterladen, er fummelte sogar an der Tür herum. Wer weiß, was er vorhatte.

Als Foiral näher kam, sah er sich um und fragte: «Wohnt hier niemand?»

«Nein», sagte Foiral.

«Wem gehört es denn?» fragte der Fremde.

Foiral wußte nicht recht, was er sagen sollte. Schließlich mußte er zugeben, daß es ihm gehörte.

«Würden Sie mir's vermieten?» fragte der Fremde.

«Wieso?» fragte Foiral.

«Ich möchte das Haus für sechs Monate mieten», sagte der Fremde.

«Wozu?» fragte Foiral.

«Herrgott!» sagte der Fremde. «Um drin zu wohnen.»

«Warum?» fragte Foiral.

Der Fremde hält eine Hand hoch, nimmt den Daumen in die andere Hand und sagt sehr langsam: «Ich bin Künstler, Maler.»

«Ja», sagte Foiral.

Dann nimmt der Fremde den Zeigefinger in die Hand. «Ich kann hier arbeiten. Mir gefällt's hier. Mir gefällt die Aussicht. Mir gefallen die beiden Ilexbäume da.»

«Sehr gut», sagte Foiral.

Dann nimmt der Fremde den Mittelfinger in die Hand. «Ich möchte sechs Monate hier wohnen.»

«Ja», sagte Foiral.

Dann nimmt der Fremde den Ringfinger in die Hand. «In diesem Haus. Es sieht interessant aus auf diesem gelben Grund, ich möchte sagen, wie ein Würfel in einer Wüste. Oder vielleicht wie ein Schädel?»

«Aha!» sagte Foiral.

Dann nimmt der Fremde den kleinen Finger in die Hand und sagt: «Wieviel – wollen Sie – dafür haben – wenn ich – sechs Monate – in diesem Haus – wohne und arbeite?»

«Warum?» fragte Foiral.

Daraufhin begann der Fremde mit den Füßen zu stampfen. Es kam zu einer längeren Auseinandersetzung, in der Foiral klipp und klar erklärte, daß in dieser Gegend der Welt keine Häuser vermietet würden, weil jeder sein eigenes habe.

«Aber ich muß hier Bilder malen», sagte der Fremde zähneknirschend, «ich muß, verstehen Sie?»

«Um so schlimmer», sagte Foiral.

Der Fremde schrie alles mögliche in einem ausländischen Kauderwelsch, vielleicht war es sogar die Sprache des Gottseibeiuns. Dann sagte er: «Ich sehe Ihre Seele als gänzlich sterilen, kleinen schwarzen Marmorbrocken auf einer brennenden weißen Alkalihalde.»

Foiral beugte die beiden Mittelfinger und streckte den zweiten und vierten Finger gegen den Fremden aus – auf die Gefahr hin, ihn zu beleidigen.

«Was wollen Sie für die Bruchbude haben?» sagte der Fremde. «Vielleicht kaufe ich sie.»

Es war recht erleichternd für Foiral, daß der Mann sich doch bloß als ein ganz gewöhnlicher, schlichter Wahnsinniger entpuppte. Nicht einmal ein Paar anständige Hosen auf dem Hintern, und da wollte er dieses gute, solide Haus kaufen, für das Foiral – wäre ein zahlungsfähiger Käufer dagewesen – zwanzigtausend Francs verlangt hätte.

«Na?» sagte der Fremde. «Wieviel?»

Foiral fand, es sei nun genug Zeit vergeudet und eine vergnügliche

Sensation könne nichts schaden. «Vierzigtausend», sagte er.

Darauf der Fremde: «Ich gebe Ihnen fünfunddreißig.»

Foiral wollte sich vor Lachen ausschütten.

«Das ist ein gutes Lachen», sagte der Fremde. «So ein Lachen möchte ich malen. Ich würde es als ein Durcheinander von soeben gezogenen Zahnwurzeln darstellen. Nun, wie wär's? Fünfunddreißig? Ich kann Ihnen gleich etwas anzahlen.» Und wahrhaftig, dieser Narrenkrösus zog die Brieftasche und hielt Foiral einen, zwei, drei, vier, fünf knisternde Tausend-Franc-Scheine unter die Nase.

«Danach werde ich pleite sein», sagte er. «Na wennschon. Ich kann es doch wieder verkaufen, nicht wahr?»

«So Gott will», sagte Foiral.

«Jedenfalls könnte ich hin und wieder herkommen», fuhr der andere fort. «Herrgott! In sechs Monaten kann ich hier eine ganze Ausstellung zusammenmalen. Die New Yorker werden aus dem Häuschen sein. Und dann komme ich wieder und male die nächste Ausstellung.»

Foiral war in einem Freudentaumel und gab es auf, etwas verstehen zu wollen. Er begann sein Haus wie wild anzupreisen: er zerrte den Mann hinein, zeigte ihm den Herd, klopfte an die Mauern, ließ ihn den Schornstein hinauf-, in den Schuppen hinein- und den Brunnen hinuntersehen ... «Gut. Gut», sagte der Fremde. «Großartig. Alles großartig. Tünchen Sie die Wände. Suchen Sie mir eine Frau, die zum Saubermachen und Kochen herkommt. Ich fahre nach Perpignan zurück und komme in einer Woche mit meinen Sachen wieder. Den Tisch, zwei bis drei Stühle und die Bettstelle behalte ich, verstanden? Alles übrige besorge ich mir. Hier ist Ihre Anzahlung.»

«Nein, nein», sagte Foiral. «Alles muß seine Richtigkeit haben, vor Zeugen. Wenn dann der Advokat kommt, kann er die Papiere ausschreiben. Kommen Sie mit zu mir. Ich werde Arago holen lassen, ein grundehrlicher Mann. Dann Guis, auch grundehrlich. Und Vigné, der ist die Ehrlichkeit in Person. Und eine Flasche alten Wein. Ich habe welchen. Kostet Sie nichts.»

«Fein!» sagte der Irre, Gott segne ihn.

Sie gingen zurück. Herein kamen Arago, Guis, Vigné, alle so ehrlich wie der lichte Tag. Die Anzahlung wurde gemacht, der Wein entkorkt, der Fremde rief nach mehr, andere drängten sich ins Haus; wer nicht hereingelassen wurde, blieb draußen stehen, um dem Gelächter zu lauschen. Man hätte meinen können, im Hause würde eine Hochzeit gefeiert oder eine Niedertracht ausgeheckt. Foirals Alte ging sogar ab und an hinaus und stellte sich in die Haustür, nur um sich den Leuten zu zeigen.

Kein Zweifel, dieser Verrückte hatte etwas von einem großen Herrn. Am nächsten Tag, als er wieder fort war, hechelten sie ihn gründlich durch. «Schon wenn man ihm zuhört», sagte der kleine Guis, «wird man betrunken, ohne einen Pfennig auszugeben. Man glaubt es zu verstehen; es ist so, als flöge man durch die Luft; man muß einfach loslachen.»

«Irgendwie hatte ich das köstliche Gefühl, daß ich reich wäre», sagte Arago. «Nicht so, als hätte ich was im Schornstein versteckt, sondern als könnte ich wer weiß wieviel ausgeben. Sogar noch mehr.»

«Er gefällt mir», sagte der kleine Guis. «Er ist mein Freund.»

«Jetzt redest du dummes Zeug», sagte Foiral. «Erstens ist er verrückt, und zweitens bin ich es, der das Geschäft mit ihm macht.»

«Ich weiß nicht, ich fand ihn gar nicht so verrückt, als er sagte, das Haus sieht aus wie ein alter Schädel, der aus dem Boden rausguckt», sagte Guis, den Blick abwendend, wozu er auch allen Grund hatte.

«So, und lügen tut er vielleicht auch nicht?» sagte Foiral. «Außerdem hat er nämlich gesagt, es sähe aus wie ein Würfel in einer Wüste. Kann es denn beides sein?»

«Erst hat er gesagt, er ist aus Paris», sagte Arago, «und gleich darauf, er ist Amerikaner.»

«O ja. Fraglos ein großer Lügner», sagte Quès. «Vielleicht einer der größten Gauner, die man auf der ganzen weiten Welt findet. Aber zum Glück auch verrückt.»

«Da kauft er ein Haus», sagte Lafago. «Wenn er, ein so gewaltiger Lügner, seinen Verstand beisammen hätte, würde er sich's einfach so nehmen. Aber nein, er kauft es. Fünfunddreißigtausend Francs!»

«Verrücktheit kann einen großen Mann umkrempeln wie einen Sack», sagte Arago. «Und wenn er noch dazu reich ist . . .»

«. . . dann schmeißt er mit dem Geld nur so um sich», sagte Guis. Es war also eine hochbefriedigende Angelegenheit. Sie warteten ungeduldig auf die Rückkehr des Fremden. Foiral tünchte das Haus, reinigte die Schornsteine, brachte alles in Ordnung. Selbstverständlich durchsuchte er alle Ecken und Winkel, wo der alte Herr von seiner Frau vor Jahren etwas versteckt haben konnte, wovon dieser Bursche vielleicht gehört hatte. In Paris schrecken sie vor nichts zurück, heißt es.

Der Fremde kam zurück, und sie waren den ganzen Tag mit den Mauleseln unterwegs, um seine Sachen von der Landstraße, wo das Lastauto sie hingebracht hatte, ins Haus zu schaffen. Gegen Abend versammelten sich alle bei ihm – Zeugen, Helfer und Zuschauer –, und es blieb nur noch eine Kleinigkeit zu erledigen: das Geld.

Foiral deutete dies mit äußerster Delikatesse an. Der Fremde, ganz lächelnde Bereitwilligkeit, ging in das Zimmer, wo seine Koffer aufgestapelt waren, und kam bald mit so etwas wie einem Büchlein zurück, das aus lauter kleinen *billets* bestand, ähnlich den Lotterielosen, die sie einem in Perpignan andrehen wollen. Er riß das oberste heraus, hielt es Foiral hin und sagte: «Hier. Dreißigtausend Francs.»

«Nein», sagte Foiral.

«Was ist denn jetzt wieder?» fragte der Fremde.

«Diese Dinger kenne ich», sagte Foiral. «Und nicht für dreißigtausend

Francs, mein Freund, sondern für drei Millionen. Und hinterher erzählen sie einem, man hätte nichts gewonnen. Ich möchte lieber das Geld.»

«Das ist ja das Geld», sagte der Fremde. «Jedenfalls ist es genauso gut wie Geld. Legen Sie das vor, dann bekommen Sie dreißigtausend Francs in genau solchen Scheinen, wie ich Ihnen schon gegeben habe.»

Was sollte Foiral tun? Es ist in jenen Gegenden durchaus üblich, einen Verkauf am Monatsende perfekt zu machen, und er wollte sich auf keinen Fall das Geschäft verpatzen. Er steckte also den Zettel in die Tasche, bot dem Fremden einen guten Tag und ging mit den anderen ins Dorf zurück.

Der Fremde lebte sich rasch ein. Bald war er mit allen Leuten bekannt. Foiral, dem dabei nicht ganz wohl war, nahm ihn bei jeder Gelegenheit ins Kreuzverhör. Anscheinend kam er wirklich aus Paris, weil er dort gewohnt hatte, und war wirklich Amerikaner, weil er in Amerika geboren war. «Dann haben Sie keine Verwandten in dieser Gegend?» fragte Foiral.

«Keinen einzigen.»

Gut! Gut! Gut! Hoffentlich hatte es mit dem Geld seine Richtigkeit. Aber da war noch mehr dran. Keine Verwandten! Ein Gedanke, dem man nachgehen mußte. Foiral verstaute ihn im Hintergrund seines Bewußtseins: wenn er einmal nachts nicht schlafen konnte, würde er diesem Gedanken auf den Grund gehen.

Am Monatsende ging er mit seinem Zettel wieder zum Haus hinauf. Der verrückte Kerl saß dreiviertel nackt unter einem Ilexbaum und pinselte etwas auf seine Leinwand. Und was malte er? Ausgerechnet Roustands kümmerliche Olivenbäume, die seit Menschengedenken nichts getragen haben!

«Was ist?» sagte der Verrückte. «Ich habe zu tun.»

«Nur dies», sagte Foiral, ihm den Zettel hinhaltend. «Ich brauche das Geld.»

«Warum in Dreiteufelsnamen gehen Sie dann nicht hin und holen sich's, anstatt mich hier zu belästigen?»

Foiral hatte ihn noch nie so übellaunig gesehen. Aber vielen solchen Lachern vergeht das Lachen, wenn es um Bargeld geht. «Hören Sie mal», sagte Foiral, «das ist eine sehr ernste Angelegenheit.»

«Hören Sie mal», sagte der Fremde. «Das nennt man einen Scheck. Ich gebe Ihnen den Scheck, Sie bringen ihn zur Bank, und die Bank gibt Ihnen das Geld.»

«Welche Bank?» fragte Foiral.

«Ihre Bank. Irgendeine Bank. Die Bank in Perpignan», sagte der Fremde. «Da gehen Sie hin, und die erledigen alles für Sie.»

Foiral, der die Hoffnung auf Bargeld noch nicht aufgegeben hatte, wies darauf hin, daß er ein sehr armer Mann sei und daß man, um nach Perpignan zu fahren, einen ganzen Tag brauche – ein beträchtliches Unternehmen für einen so bitterarmen Mann wie ihn.

«Passen Sie auf», sagte der Fremde. «Sie wissen verdammt gut, daß Sie bei diesem Verkauf einen guten Schnitt gemacht haben. Lassen Sie mich jetzt weiterarbeiten. Bringen Sie den Scheck nach Perpignan. Die kleine Mühe lohnt sich. Ich habe, weiß Gott, genug bezahlt.»

Da wußte Foiral, daß Guis über den Preis des Hauses geredet haben mußte. «Wart's nur ab, mein kleiner Guis, an einem langen Abend, wenn die Regenzeit beginnt, werde ich darüber nachdenken.» Aber es war nichts zu machen: er mußte sich in seinen besten schwarzen Anzug werfen, auf dem Muli nach Estagel reiten und von dort mit dem Bus nach Perpignan fahren.

In Perpignan kommt man sich vor wie unter lauter Affen. Man wird geschubst und von oben bis unten angestarrt, und manche kichern einem direkt ins Gesicht. Wenn jemand geschäftlich zu tun hat – sagen wir, bei einer Bank – und auf der anderen Straßenseite steht, um sich diese Bank mal richtig anzusehen, dann wird er innerhalb von fünf Minuten ein halbdutzendmal auf den Fahrdamm gestoßen, und er kann von Glück sagen, wenn er mit dem Leben davonkommt.

Nichtsdestoweniger gelangte Foiral schließlich in die Bank. Als Sehenswürdigkeit war sie imposant: Messinggeländer, poliertes Holz, eine Uhr so groß wie für eine Kirche, graue Männchen zwischen Geldhaufen wie Mäuse in einem Käse.

Er stand etwa eine halbe Stunde lang wartend im Hintergrund, ohne daß ihn jemand beachtete. Schließlich winkte so ein graues Männchen ihn an das Messinggeländer heran. Foiral kramte in seiner Tasche und zog den Scheck heraus. Das Männchen sah ihn so an, als wäre er gar nichts. «Heilige Jungfrau!» dachte Foiral.

«Ich möchte das Geld dafür haben», sagte er.

«Sind Sie Bankkunde?»

«Nein.»

«Wollen Sie es werden?»

«Bekomme ich dann das Geld?»

«Aber natürlich. Unterschreiben Sie hier. Und da. Unterschreiben Sie auf der Rückseite des Schecks. Nehmen Sie dies. Unterschreiben Sie das. Vielen Dank. Auf Wiedersehn.»

«Aber die dreißigtausend Francs?» rief Foiral.

«Damit, mein lieber Herr, müssen wir warten, bis der Scheck kontrolliert ist. Kommen Sie ungefähr in einer Woche wieder.»

Foiral fuhr etwas verstört nach Hause. Er hatte eine schlimme Woche. Bei Tage war es ihm einigermaßen sicher, daß er sein Geld bekommen würde, aber nachts, sobald er die Augen schloß, sah er sich in diese Bank gehen, und all die grauen Männchen schworen, sie hätten ihn noch nie gesehen. Aber er überstand auch das, und sobald die Woche um war, begab er sich wieder zur Bank.

«Sie wünschen ein Scheckbuch?»

«Nein. Nur das Geld. Das Geld.»

«Alles? Sie wollen das Konto auflösen? Gut! Gut! Unterschreiben Sie hier. Unterschreiben Sie da.»

Foiral unterschrieb.

«So, vielen Dank. Neunundzwanzigtausendachthundertundneunzig.»

«Aber, mein Herr, es waren doch dreißigtausend.»

«Aber, mein lieber Herr, die Spesen.»

Foiral sagte sich, daß Streiten keinen Zweck haben würde. Er nahm sein Geld und ging. Schön und gut. Aber die restlichen hundertzehn! So was bleibt einem im Halse stecken.

Sobald Foiral nach Hause kam, stellte er den Fremden zur Rede. «Ich bin ein armer Mann», sagte er.

«Ich auch», sagte der Fremde. «Jedenfalls zu arm, um Sie extra dafür zu bezahlen, daß Sie einen Scheck nicht wie ein zivilisierter Mensch einlösen können.»

Das war eine besonders niederträchtige Lüge. Foiral hatte mit eigenen Augen gesehen, daß dieses Büchlein, aus dem der Fremde den Zettel gerissen hatte, einen ganzen Block von diesen merkwürdigen Dreißigtausend-Francs-*billets* enthielt. Aber auch hier war nichts zu machen; ein gerader, ehrlicher Mann ist immer der Dumme. Foiral ging nach Hause und legte seine verkrüppelten Neunundzwanzigtausend-und-Einiges in das Kästchen hinter dem Schornstein. Wie anders wäre es gewesen, wenn er runde dreißigtausend hätte hineinlegen können! Eine barbarische Ungerechtigkeit!

Das war etwas, worüber man abends nachdenken konnte, und Foiral dachte viel darüber nach. Er kam zu dem Schluß, daß es unmöglich sei, allein zu handeln, und so rief er denn Arago, Quès, Lafago, Vigné und Barilles zusammen. Guis nicht. Guis hatte bestimmt zu dem Kerl gesagt, er habe zuviel für das Haus bezahlt und ihm so den Rücken gestärkt. Guis mußte aus der Sache rausbleiben.

Den übrigen setzte er alles sehr eindrucksvoll auseinander. «Nicht einen Verwandten in der ganzen Gegend. Und in diesem Buch, meine lieben Freunde – ihr habt es selbst gesehen –, zehn, zwölf, fünfzehn, vielleicht zwanzig von diesen merkwürdigen kleinen *billets.*»

«Und wenn jemand kommt und nach ihm fragt? Jemand aus Amerika?»

«Dann ist er weggegangen, zu Fuß, so verrückt wie er gekommen ist. Einem Irren, der rumläuft und mit dem Geld um sich schmeißt, kann alles zustoßen.»

«Das stimmt, dem kann alles zustoßen.»

«Aber es sollte ihm zustoßen, ehe der Advokat kommt.»

«Stimmt. Bisher hat ihn nicht einmal der Curé gesehen.»

«Gerechtigkeit muß sein, meine guten Freunde, ohne sie kann die

Gesellschaft nicht existieren. Ein Mann, ein ehrlicher Mann, darf nicht einfach um hundertzehn Francs geprellt werden.»

«Nein, das kann man nicht dulden.»

In der nächsten Nacht traten diese grundehrlichen Männer aus ihren Häusern, den Häusern, die mit ihren hohen, weißverputzten Pfosten und den schwarzen Schatten im Mondlicht noch mehr als bei Sonnenschein wie ein Haufen gebleichter Rippen in der Wüste wirken. Sie gingen ohne viele Worte den Hügel hinauf und klopften an die Tür des Fremden.

Nach kurzer Zeit kehrten sie zurück, auch jetzt ohne viele Worte; einer nach dem anderen schlüpfte in seine stockdunkle Haustür, und das war alles.

Eine ganze Woche lang war im Dorf keine Veränderung zu bemerken. Höchstens daß Schatten und Stille, diese Löcher im wilden Licht, sich vertieft hatten. Im schwarzen Innern jedes Hauses saß ein Mann, der zwei dieser ausgezeichneten *billets* besaß, die je dreißigtausend Francs wert waren. Solch ein Besitz läßt die Augen leuchten, verleiht der Einsamkeit die rechte Würde – wie der Künstler gesagt hätte –, befähigt den Menschen dazu, sich in Fabres Tarantel zu versetzen, die unbeweglich hinter einer Biegung ihres Tunnels lauert. Aber sie konnten sich nur noch mit Mühe auf den Künstler besinnen. Sein Gequassel, sein Lachen, sogar sein letzter Schrei hatten kein Echo hinterlassen. Das alles war dahin wie Blitz und Donner des gestrigen Gewitters.

So saßen sie, außer wenn sie zwecks Tarnung wie gewöhnlich ihrer Morgen- und Abendarbeit nachgingen, allein in ihren Häusern. Ihre Frauen wagten sie kaum anzusprechen, und um miteinander zu sprechen, waren sie zu reich. Guis kam dahinter, denn innerhalb des Dorfes war es kein Geheimnis, und Guis war wütend. Aber da seine Frau von morgens bis abends mit ihm schimpfte, blieb ihm keine Kraft, seinen Nachbarn Vorhaltungen zu machen.

Am Ende der Woche kehrte Barilles ins Dasein zurück. Die Daumen in den Gürtel gesteckt, stand er in seiner Haustür, sein sonst bleigraues Gesicht war gerötet wie eine reife Pflaume, und seine Haltung verriet gereizte Entschlossenheit.

Er ging zu Arago hinüber, klopfte an und lehnte sich an den Türpfosten. Arago kam heraus und lehnte sich an den anderen. Ein Weilchen unterhielten sie sich über Belanglosigkeiten. Dann warf Barilles seinen Zigarettenstummel weg und machte eine versteckte mitleidige Bemerkung über ein gewisses kleines Grundstück mit einem Schuppen, ein paar Weinstökken und einem ansehnlichen Olivenhain, das Arago gehörte. «Es ist doch verteufelt», sagte Barilles, «in wie vielen Oliven heutzutage der Wurm ist. So ein Hain wäre früher vielleicht was wert gewesen.»

«Es ist mehr als verteufelt», sagte Arago. «Ob du's glaubst oder nicht, mein lieber Freund, in manchen Jahren bringt mir dieser Hain nicht mehr als dreitausend Francs.»

Das Dorf blühte auf . . .

... wie eine Orchidee an einem dürren Stecken. Geld, so scheint es, braucht man gar nicht zu haben, man muß nur daran glauben. Das erinnert an eine Denksportaufgabe: 10 Freunde verabreden einen Wochenendausflug. Der erste leiht dem zweiten 100 Mark, der leiht dem dritten 100 Mark, der gleichermaßen dem vierten und so weiter, bis zuletzt der zehnte dem ersten einen Hunderter pumpt. Nun haben sie zusammen 1000 Mark und machen eine fröhliche Tour, wobei sie das ganze Geld auf den Kopf hauen. Am folgenden Montag geht der erste der Freunde zum Geldmakler und leiht sich 100 Mark. Die gibt er dem zweiten und tilgt damit seine Schuld. Der zweite gibt den Schein dem dritten und ist schuldenfrei; der dritte gibt ihn dem vierten und so weiter, bis schließlich der zehnte mit diesem einen Hunderter beim ersten seine Schulden löscht. Der erste nun trägt den Schein zum Geldmakler und zahlt ihn zurück. Die zehn konnten also für 100 Mark ein Tausendmark-Wochenende feiern. Oder nicht?

Barilles gab ein Geräusch von sich, das in jenem Teil der Welt als Gelächter gilt. «Entschuldige!» sagte er. «Ich glaubte dreitausend zu hören. Dreihundert – ja. In einem guten Jahr könntest du das wohl ganz leicht erreichen.»

Dieses Gespräch durchlief die verschiedenen Phasen der Höflichkeit, der Ironie und Empörung, der Wut und Verzweiflung und endete mit einem herzlichen Handschlag und dem Verkauf des Grundstückes an Barilles für fünfundzwanzigtausend Francs. Die Zeugen wurden geholt. Barilles händigte eines seiner *billets* aus und erhielt fünftausend in bar aus Aragos Kästchen hinter dem Schornstein. Der Handel fand allgemeinen Beifall: man hatte das Gefühl, daß die Dinge im Dorf in Bewegung kamen.

Das taten sie wirklich. Noch bevor die Gesellschaft sich trennte, kam es bereits zu Vorbesprechungen über den Verkauf von Vignés Mauleseln an Quès für achttausend, die Übertragung von Lloubes' Kork-Konzession an Foiral für fünfzehntausend, die Verheiratung von Roustands Tochter an Vignés Bruder mit einer Mitgift von zwanzigtausend und, nach erbittertem Feilschen, zum Verkauf einer Kollektion von Messinggegenständen aus dem Besitz der Madame Arago für fünfundsechzig Francs.

Nur Guis war nicht mit von der Partie, aber auf dem Heimweg wagte es Lloubes, voll des süßen Weines, die Schwelle des Ausgestoßenen zu überschreiten und dessen Frau Filomena dreimal von oben bis unten, vom Scheitel bis zur Sohle anzusehen. Guis' mürrisch-verbittertes Gesicht nahm einen nur unvollkommen verhüllten, milde interessierten Ausdruck an.

Das war aber nur der Anfang. Bald begannen alle möglichen Besitztümer in verwirrendem Tempo und zu immer höheren Preisen die Besitzer zu wechseln. Es war ein ausgesprochener Aufschwung. Fortwährend wurde Wechselgeld ausgegraben – unter Fußbodenfliesen, aus der Strohfüllung von Matratzen, aus Mauerlöchern oder ausgehöhlten Balken. Mit der Freigabe dieser eingefrorenen Guthaben blühte das Dorf auf wie eine Orchidee an einem dürren Stecken. Der Wein floß beim Abschluß jedes Geschäfts. Alte Feinde schüttelten einander die Hand. Ältliche Jungfrauen umarmten junge Bewerber, reiche Witwer führten junge Frauen heim. Es gab Schwächlinge, die täglich ihren besten schwarzen Anzug trugen. Zu ihnen gehörte Lloubes, der seine Abende im Haus von Guis verbrachte. Guis pflegte – nicht mehr mürrisch – abends durchs Dorf zu spazieren, und man konnte ihn bei Lafago oder Roustand stehen sehen, wo er den Preis eines Maultiergeschirrs oder eines erstklassigen Gewehrs herunterhandelte. Es ging das Gerücht von einer ganz besonderen Fiesta nach der Traubenernte, aber darüber wurde nur geflüstert, damit der Curé es nicht bei einem seiner Besuche hörte.

Foiral, der seinen Ruf als Anführer aufrechterhielt, schlug etwas geradezu Tollkühnes vor, nämlich nichts weniger als den Ausbau des Maultierpfades vom Dorf bis zur Schotterstraße am Fuß der Berge zu einem Fahrweg, so daß Lastautos bis ins Dorf fahren konnten. Es wurde eingewandt, daß die Löhne enorm kostspielig sein würden. «Ja», sagte Foiral, «aber die Löhne bringen wir selbst auf, denn wir werden für unsere Produkte um die Hälfte mehr hereinholen.»

Der Vorschlag wurde angenommen. Selbst Dorfjungen waren jetzt am Wohlstand beteiligt. Barilles' Bäckerlädchen hieß jetzt «Grand Café de l'Univers et des Pyrénées». Die Witwe Loyau bot gewissen alleinstehenden jungen Frauen Logis, Kost und Kleidung und gab abends exklusive Gesellschaften.

Barilles fuhr nach Perpignan und kaufte einen Zerstäuber, der den Ertrag seines neuen Olivenhaines verdoppeln würde. Lloubes fuhr ebenfalls hin und kam mit einer ganzen Kollektion von Damenwäsche zurück, die sozusagen vom Teufel selbst entworfen war. Ein paar erpichte Kartenspieler besorgten sich neue, ganz prachtvolle Kartenspiele, in denen es nur Asse und Könige zu geben schien. Als Vigné nach Perpignan fuhr, kam er mit einem langen Gesicht zurück.

Der unentwegt aufblühende Handel erforderte immer mehr flüssiges Geld. Foiral machte einen neuen Vorschlag. «Wir werden alle nach Perpignan fahren, alle miteinander; wir werden in die Bank marschieren, unsere *billets* auf den Tisch knallen und den grauen Männchen zeigen, wem das Geld gehört. Wir werden ihnen keinen Franc lassen, Jungens.»

«Die hundertzehn haben sie immer noch», sagte Quès.

«Zum Teufel mit den hundertzehn!» sagte Foiral. «Und dann, Jungens – na! Haha! –, jeder muß einmal sündigen. Es heißt, allein der Geruch von so einem Geschöpf ist fünfzig Francs wert. Berauschend! Treppenläufer, rotes Haar, jede Sündhaftigkeit, die man sich vorstellen kann. Also: auf morgen!»

«Auf morgen!» riefen alle, und am nächsten Morgen fuhren sie alle in ihren feierlichsten Anzügen freudestrahlend nach Perpignan. Alle rauchten wie die Schlote, und alle hatten sich die Füße gewaschen.

Es war eine tolle Fahrt. Sie ließen den Bus an jedem Gasthaus halten und wollten von allem, was sie sahen, den Preis wissen. In Perpignan bewegten sie sich in geschlossener Phalanx; wenn die Stadtleute sie anstarrten, wurden sie von unseren Freunden doppelt so frech angestarrt. Als sie die Straße zur Bank überquerten, sagte Foiral: «Wo ist denn Guis?» Dabei tat er so, als suchte er ihn unter den anderen. «Hat er denn nichts zu kriegen?» Darüber mußten alle lachen. Sosehr sie sich auch um ein ernstes Gesicht bemühten, sie konnten nicht anders: sie erstickten fast vor Lachen, als die Pendeltür sich hinter ihnen schloß.

Eichhörnchen haben blanke Augen

Ich hatte das Pech, mich in ein herrliches Geschöpf zu verlieben, eine Amazone, eine richtige Diana. Ihre Wohnung – ein Penthouse auf dem Dach eines Wolkenkratzers – bestand aus einem einzigen riesigen Raum, der verschwenderisch mit den Köpfen und Fellen der Tiere ausgestattet war, die sie mit ihrem Lee-Enfield- oder Ballardkarabiner oder ihrer leichten Winchester-Repetierbüchse erbeutet hatte. Päng! – ein Kaminvorleger. Piffpaff! – ein Pelzmantel. Poppop! – ein Paar mollige Fausthandschuhe.

Dabei bekam sie in jedem normalen Kleidungsstück Erstickungsanfälle. Nur mit einer Art Kittel bekleidet, durchstreifte sie ungemein nordisch ihre weitläufige Wohnung, freigebig den Anblick ihrer vier prachtvollen Gliedmaßen gewährend, deren sonnengebräunte Haut einige Nuancen dunkler schimmerte als ihr blondes Jägerinnenhaar. Ich verliebte mich also. Diese Gliedmaßen! Dieses Haar! Diese Liebe!

Sie lachte nur. «Eichhörnchen», sagte sie – so nannte sie mich nämlich –, «Eichhörnchen, es hat keinen Zweck. Aber du bist ein richtiges Haustierchen; du erinnerst mich ein bißchen an Bopotiti. Er wohnte auf einem Baum im Kongo.

Bogey», sagte sie zu ihrer abscheulichen kleinen Verehrerin, die immer auf dem einen oder anderen Fell herumlag. «Bogey», sagte sie, «zeig ihm das Foto von Bopotiti.»

«Eigentlich», sagte ich, «kann ich keine Ähnlichkeit entdecken. Ich bin anmutiger, mehr wie ein Vogel.»

«Ja, aber er hat mir immer *mjna-mjnas* gebracht. Jeden Morgen.»

«Ich werde dir Liebe bringen, zu jeder Tageszeit. Heirate mich.»

«Nein.»

«Laß uns zusammen leben.»

«Nein, nein. Ich lebe mit meinen Gewehren. Einem Mädchen, das keusch mit seiner Lee-Enfield, seiner Ballard und seiner leichten Winchester zusammen lebt, kann der grobe, lüsterne Hohn der Welt nichts anhaben.»

«Aber Liebe ist besser.»

«Haha! Verzeih, aber da muß ich lachen.» Und sie warf sich in einem Anfall von gigantischer Heiterkeit auf ein Eisbärfell.

Völlig zerschmettert verließ ich sie, um mir das Leben zu nehmen. Während ich mir das Gehirn nach der eindrucksvollsten Methode zermarterte, fiel mir plötzlich ein Mann namens Harringay ein, ein Tierausstopfer, der häufig zu ihren Cocktail-Parties kam und mich freundlich interessiert gemustert hatte.

Ich ging in seine Werkstatt und traf ihn allein an. «Harringay! Stopfen Sie mich!»

«Gern. Was soll's denn sein? Ein Steak? Chop Suey? Etwas Ausgefallenes?»

«Nein, Harringay, Bitumen. Harringay, wenden Sie Ihre Kunst auf mich an. Und dann schicken Sie mich zu Miss Bjornstjorm für ihre Sammlung – mit einer Empfehlung von mir. Ich liebe sie.» Hier brach ich zusammen.

Harringay, der Ähnlichkeit mit einer Eule hatte, benahm sich großartig. Er stopfte mich mit seiner Lebensweisheit und mit neuem Mut. «Gehen Sie einfach so, wie Sie sind», sagte er. «Vielleicht wird ihre Liebe erwachen. Zum Glück haben Sie von Natur etwas glasige Augen. Sie müssen nur die Pose beibehalten.»

«Sie glauben, ihre Liebe wird erwachen?»

«Auf jeden Fall muß sie Ihre bewundernswerte Bewegungslosigkeit anerkennen, die Sie zum würdigen Gefährten für ein – na, es schwebt mir auf der Zunge –, für so ein Dings macht, das man vom Baum runterschießt.»

«Ja, es schwebt mir auch auf der Zunge. Darauf werde ich setzen. Harringay, Sie sind wirklich ein Freund.»

«Ach wo, das ist eine gute Reklame für mich.»

«Nein, nein, es ist ein Freundschaftsdienst. Einen Augenblick, gleich bin ich bereit.»

Er trug mich in ihre Wohnung. «Brynhild, hier ist ein neues Stück für Ihr naturhistorisches Museum.»

«Nanu, das ist doch Eichhörnchen! Ist er ausgestopft?»

«Aus Liebe zu Ihnen, Brynhild.»

«Wie naturgetreu! Harringay, Sie sind der König der Ausstopfer.»

«Ja, und ich werde täglich kommen und ihn überholen. Das ist eine neue Technik. Es ist alles vorbereitet. Soll ich ihn in den Alkoven stellen?»

«Ja, und wir werden eine Cocktail-Party machen. Gleich jetzt. Alle müssen kommen. Bogey, ruf alle Leute an.»

«Auch Hauptmann Fenshawe-Fanshawe?»

«Ja, unbedingt, der Hauptmann muß kommen.»

Sie brach, vor Lachen schreiend, auf einem grellgelben Tigerfell zusammen. Sie lachte noch, als die Gäste hereinströmten. Mein Nebenbuhler, der riesige Hauptmann Fenshawe-Fanshawe mit Monokel und Habsburgerkinn, überragte sie alle, sogar Brynhild.

Alle lachten, schwatzten und bewunderten mich. «Prachtvolle Arbeit, Mr. Harringay! Wenn unser lieber Pongo stirbt, werde ich ihn zu Ihnen schicken.»

«Ich hoffe, Sie übernehmen auch unsere Fifi, Mr. Harringay.»

Harringay verbeugte sich lächelnd.

«Es heißt, er hätte es aus Liebe getan.»

«Aus Liebe!» dröhnte der Hauptmann und versetzte mir einen Nasenstüber. Ich zitterte vor Wut und Demütigung.

«Vorsicht! Die Drähte sind sehr empfindlich», sagte Mr. Harringay.

«Liebe!» dröhnte der Hauptmann. «Ein Eichhörnchen! Haha! Nur ein ausgewachsener Mann kann das lohnende Maß von Liebe aufbringen.

Was für ein Herz haben Sie in ihm gefunden, Harringay?»

«Ein recht gutes», sagte Harringay. «Natürlich gebrochen.»

Brynhilds Gelächter verstummte plötzlich.

«Ein Eichhörnchen!» höhnte der Hauptmann. «Wußte gar nicht, daß du dich auf Kleinwild verlegt hast, Brynhild. Werde dir zu Weihnachten eine ausgestopfte Maus schicken.»

Er hatte nicht auf Brynhilds Gesichtsausdruck geachtet. Ich hingegen hatte sie genau beobachtet. Ihr Gesicht war wie ein Bild der Erde aus der Vogelschau, das man zu Anfang einer Wochenschau sieht: alles dreht sich – Wolken, Erdteile, Meere, eins nach dem anderen. Plötzlich wechselte sie mit einer einzigen krampfhaften Bewegung von dem grellgelben Tigerfell zu dem Begräbnispelz eines schwarzen Panthers hinüber, auf dem sie sich in majestätischer Bauchlage ausstreckte. «Geht!» rief sie mit halberstickter Stimme. «Geht weg, alle! Geht! Geht weg!»

Irgend etwas stimmte nicht; die Gäste spürten es und verdrückten sich nach und nach.

«Bin ich auch gemeint?» sagte der Hauptmann.

«Ja, geh!» rief sie.

«Ich auch?» fragte Bogey.

«Alle», schluchzte Brynhild. Nichtsdestoweniger klammerte sie sich an Bogeys Hand: eine Frau braucht eine Freundin.

«Brynhild! Was hast du? Du weinst ja. Ich habe dich noch nie weinen sehen. Sag es mir. Wir sind allein.»

«Bogey, er hat es aus Liebe getan.»

«Ja.»

«Mir ist gerade klargeworden, was das heißt, Bogey. Ich habe es nicht gewußt. Mein Leben lang habe ich alles mögliche gejagt – getötet – und ausstopfen lassen. Bogey, damit ist es jetzt aus. Er ist mein ein und alles. Ich werde ihn heiraten.»

«Liebling, ich glaube, das geht nicht, wo er doch ausgestopft ist.»

«Dann werde ich mit ihm zusammen leben.»

«Und die Welt ...?»

«Einer Frau, die mit einem ausgestopften Mann zusammen lebt, kann der grobe, lüsterne Hohn der Welt nichts anhaben. Ich werde ihn bei Tisch neben mich setzen und so mit ihm sprechen, als wäre er lebendig.»

«Brynhild, du bist wundervoll!»

Ich war einverstanden. Zugleich aber befand ich mich in einer schwierigen Lage. Es ist kein Spaß, sich ausgestopft benehmen zu müssen, während die Geliebte einen mit leidenschaftlicher, reuevoller Liebe überschüttet, bei Tisch neben einem sitzt, beim Schein des Kaminfeuers mit einem plaudert, ihr Herz ausschüttet, sogar Tränen vergießt. Und doch durfte ich meinen Gefühlen nicht nachgeben, durfte kein Geständnis ablegen, sonst hätte ihre zarte, junge Liebe in der Knospe welken können.

Manchmal streichelte sie mich oder drückte einen brennenden auf

auf meine Stirn; dann riß sie sich los, warf sich auf ein Leopardenfell und machte in ihrer Hoffnungslosigkeit wie wild gymnastische Übungen. Ich mußte all meine Selbstbeherrschung zusammennehmen.

Harringay kam jeden Vormittag, um «mich zu überholen», wie er sagte. Unter dem Vorwand des Berufsgeheimnisses bestand er darauf, daß Brynhild für eine Stunde ausging. Er gab mir mein belegtes Brot und mein Glas Milch, staubte mich gründlich ab und massierte meine versteiften Gelenke.

«Diese absurd versteifte Situation können Sie nicht wegmassieren», sagte ich.

«Vertrauen Sie mir», sagte er.

«Na schön», sagte ich, «ich werd's versuchen.»

Brynhild kam, wie gewöhnlich, ein paar Minuten früher zurück. Sie brachte es nicht fertig, eine ganze Stunde fortzubleiben. «Er fehlt mir so, wenn ich nicht bei ihm bin», sagte sie. «Und wenn ich dann zurückkomme – dann ist er ausgestopft. Es ist zu schrecklich.»

«Vielleicht kann ich Ihnen helfen», sagte Harringay.

«Das wage ich nicht zu glauben», sagte sie, sich ans Herz greifend.

«Was?» rief er. «Haben Sie etwa Angst? Sie, das kleine Mädchen, das große Tiger schießt? Nehmen Sie Ihren Mut zusammen. Würden Sie sich vor einem künstlichen Bein fürchten?»

«Nein», sagte sie. «Das könnte ich ertragen.»

«So ein modernes», sagte er, «das gehen und treten, sogar tanzen kann, alles mechanisch?»

«Ja», sagte sie, «ich glaube schon.»

«Dann», sagte er, «können Sie's um seinetwillen auch mit zwei künstlichen Beinen aufnehmen.»

«Ja, das will ich.»

«Seien Sie tapfer. Auch mit zwei solchen Armen?»

«Ja. Ja.»

«Und so fort. Ich kann seine Kiefer beweglich machen. Er wird essen. Er wird die Augen auf- und zumachen. Alles.»

«Wird er mit mir sprechen?»

«Jaja, vielleicht wird er ‹Mama› sagen.»

«Ach, die Wissenschaft ist doch etwas Wunderbares! Aber – was wird die Welt sagen?»

«Ich weiß nicht. Vielleicht ‹Bravo› oder etwas dergleichen.»

«Nein. Wenn ich mit ihm zusammen lebe und er ‹Mama› sagt, wird sie mich mit ihrem groben, lüsternen Hohn beschmutzen. Und ich kann ihn nicht heiraten, weil er ausgestopft ist. Oh, ich wußte schon, es nützt alles nichts.»

«Machen Sie sich keine Sorgen», sagte Harringay. «Das ist nur eine Frage der Technik. Ich werde die Sache schon deichseln. Alles weitere morgen.»

Sie brachte ihn hinaus und kam kopfschüttelnd zurück. Sie war verzweifelt. Ich desgleichen. Ich wußte, wie stark die Diana in ihr war. Und sie wußte es auch. Sie verbrachte den Nachmittag auf dem Fell eines riesigen Grizzlybären. Ich sehnte mich danach, bei ihr zu liegen. Mir war, als läge ich auf der Haut eines Stachelschweins.

Plötzlich, gerade als die Dunkelheit in dem großen Raum sich verdichtete, klopfte es an die Tür. Sie öffnete. Es war der gräßliche Fenshawe-Fanshawe.

«Was willst du?» fragte sie.

«Rate mal», sagte er.

«Ich habe keine Ahnung», sagte sie.

«Brauchst du auch nicht», sagte er, sein Jackett ausziehend.

«Was machst du da?» fragte sie.

«Ich habe lange genug gewartet», sagte er. «Hör mal, ich mag diesen Kittel nicht. Er ist unkleidsam.»

Sie jedoch war mit einem Sprung an der Wand, wo ihre Gewehre hingen, und richtete die Lee-Enfield auf ihn. «Zurück!» schrie sie.

Der Hauptmann lachte höhnisch und rückte weiter vor.

Sie spannte den Abzug. Man hörte ein hohles Klicken. Der Hauptmann lächelte und rückte näher.

Sie griff nach der Ballard: Klick. Nach der leichten Winchester: Klick! Klick! Klick!

«Ich habe die Patronen herausgenommen», sagte der Hauptmann, «bei der Cocktail-Party, während du so herzlich lachtest.»

«Oh, Eichhörnchen. Könntest du mir doch helfen!»

«Er kann nicht. Er ist ausgestopft.»

«Oh, Eichhörnchen! Hilf mir! Eichhörnchen! Eichhörn . . .» In diesem Augenblick packte er sie. Sie riß sich los. «Hilf mir!»

«Das werde ich, da kannst du dich drauf verlassen», sagte ich, mich steif von meinem Sitz erhebend. Die Wirkung in dem halbdunklen Alkoven war vermutlich recht unheimlich. Der Hauptmann stieß einen dumpfen Schrei aus, machte kehrt und flüchtete zur Tür. Doch mein Blut war in Wallung geraten: ungeachtet der Nägel und Nadeln, die mich zusammenhielten, nahm ich die Verfolgung auf, im Vorüberlaufen den Stoßzahn eines preisgekrönten Elefanten an mich reißend. Während er noch am Türschloß fummelte, gab ich ihm, was er verdiente. Er ging zu Boden.

Brynhild stand an meiner Seite, ein treuer Kamerad. «Verzeih mir», sagte ich. «Ich habe dich betrogen.»

«Du hast mich gerettet. Mein Held!»

«Aber ich bin gar nicht ausgestopft», murmelte ich.

«Dafür», sagte sie, «hast du mehr Mumm in den Knochen als diese große Bestie.»

«Er könnte jetzt etwas Füllung gebrauchen, Brynhild, sonst wird dieser Riesenkadaver zum Ärgernis.»

«Ja. Wir werden Harringay kommen lassen.»

«Unseren guten alten Harringay!»

«Eine saubere Strecke, mein Eichhörnchen! Waidmannsheil!»

«Waidmannsdank!»

Ich setzte den einen Fuß auf den gewaltigen Rumpf, dann zog ich den anderen nach. Nun waren unsere Lippen auf gleicher Höhe. «Brynhild! Darf ich?»

«Ja.»

«Wirklich?»

«Ja.»

Es war ein göttlicher Augenblick. Wir sanken auf das Fell eines riesigen Pandabären. Bogey klopfte vergebens.

Am nächsten Tag – wie konnte es anders sein? – waren wir verheiratet.

De Mortuis

Dr. Rankin war ein breiter, grobknochiger Mann, der auch im neuesten Anzug so altmodisch aussah wie auf einer Fotografie von vor zwanzig Jahren. Das lag an seinem platten, vierschrötigen Rumpf, der wie von einem Kistenfabrikanten zusammengesetzt erschien. Auch sein Gesicht hatte etwas Hölzernes, kunstlos Zusammengeschlagenes, und sein Haar wirkte wie eine Perücke und war durch keinen Kamm zu bändigen. Er hatte diese großen, plumpen Hände, die für einen Provinzarzt von Vorteil sein können, denn in kleinen Landstädten hat man noch Gefallen am Paradoxen und glaubt, daß solche Orang-Utan-Pfoten so heikle Sachen wie eine Mandeloperation besonders präzise ausführen.

Diese Annahme war im Fall von Dr. Rankin völlig berechtigt. An diesem schönen Morgen beispielsweise – an dem es sich freilich um etwas weniger Kitzliges handelte, nämlich um das Zementieren eines großen Fußbodenstückes in seinem Keller – gebrauchte er diese breiten, plumpen Hände mit der unbeirrbaren Sicherheit eines Chirurgen, der nie einen Tupfer im Bauch des Patienten vergessen und nie eine häßliche Operationsnarbe hinterlassen würde.

Der Doktor betrachtete das Werk seiner Hände von allen Seiten. Er nahm hier und da eine kleine Verbesserung vor, bis das Ganze fachmännisch geglättet war. Er kehrte die letzten Erdkrumen zusammen und warf sie in den Heizofen. Bevor er Hacke und Schaufel wegräumte, hielt er noch einmal inne und fand Gelegenheit, den Übergang zwischen der neuen Zementfläche und dem alten Fußboden mit einem letzten künstlerischen Kellenstrich auszugleichen. In diesem Augenblick höchster Konzentration wurde oben die Verandatür mit dem Knall eines mittleren Artilleriegeschützes zugeschlagen. Dr. Rankin fuhr denn auch wie erschossen zusammen.

Er runzelte die Stirn und hob lauschend den Kopf. Er hörte zwei Paar schwere Füße über den hohlklingenden Verandaboden stapfen. Er hörte die Haustür aufgehen und die Besucher in den Flur treten, von dem ein paar Treppenstufen in seinen Keller führten. Er hörte Buck und Bud pfeifen und dann rufen: «He, Doktor! Doktor! Sie beißen an!»

Ob der Doktor heute keine Lust zum Fischen hatte, ob er – wie manche Menschen dieses großen, massigen Typs – auf den plötzlichen Schreck besonders heftig und ungesellig reagierte oder ob es ihm nur eilte, mit der angefangenen Arbeit ungestört fertig zu werden und sich dann wichtigeren Dingen zuzuwenden – wie auch immer, er antwortete nicht auf den einladenden Ruf seiner Kumpane. Er stand nur lauschend da, während die Dinge oben ihren natürlichen Lauf nahmen und sich schließlich ein ratloser, etwas verstimmter Dialog entspann.

«Scheint nicht da zu sein.»

«Ich werd ihm einen Zettel hinlegen – daß wir unten am Bach sind und ihn da erwarten.»

«Wir könnten's Irene sagen.»

«Aber die ist auch nicht da. Man sollte meinen, daß *sie* wenigstens zu Hause wäre.»

«Müßte sie eigentlich, so wie es hier aussieht.»

«Da hast du recht, Bud. Sieh dir bloß diesen Tisch an. Man kann seinen Namen drauf schreiben . . .»

«Scht! Sieh mal, da!»

Offenbar hatte der letzte Sprecher die offene Kellertür und den Lichtschein aus dem Keller bemerkt. Gleich darauf wurde die Tür weit aufgemacht, und Bud und Buck blickten hinunter.

«Nanu, Doktor, da sind Sie ja!»

«Haben Sie uns nicht rufen hören?»

Dem Doktor hatte das, was er mitgehört hatte, nicht sonderlich gefallen; dennoch zwang er sich zu seinem etwas hölzernen Lächeln, als die beiden Männer die Treppe herunterkamen. «Mir war doch so, als hätte ich was gehört», sagte er.

«Wir haben uns heiser geschrien», sagte Buck. «Dachten schon, es wäre alles ausgeflogen. Wo ist denn Irene?»

«Weggefahren», sagte der Doktor. «Jemand besuchen.»

«Heh, was geht hier vor?» sagte Bud. «Was machen Sie denn? Begraben Sie vielleicht einen Patienten?»

«Ach, da war eine nasse Stelle am Boden», erklärte der Doktor, «und ich dachte, vielleicht ist da eine Quelle durchgebrochen, oder so was.»

«Was Sie nicht sagen!» rief Bud, der sich als Grundstücksmakler sofort bei seiner Berufsehre gepackt fühlte. «Hören Sie, Doktor, dieses Grundstück habe ich Ihnen verkauft. Sie wollen doch nicht etwa sagen, ich hätte

Ihnen einen Dreckhaufen mit einer unterirdischen Quelle angedreht.»

«Aber es war naß», sagte der Doktor.

«Na ja, Doktor, aber sehen Sie sich doch mal die geologische Karte an, die sie im Kiwanis-Klub haben. Es gibt keinen besseren Baugrund in der Stadt.»

«Sieht so aus, als wären Sie angeschmiert worden, Doktor», frotzelte Buck.

«Nein», sagte Bud. «Paß auf: als der Doktor herkam, hatte er von nichts 'ne Ahnung. Das wirst du zugeben. Was der alles nicht wußte!»

«Richtig, er hat Ted Webbers alte Klapperkiste gekauft», sagte Buck.

«Und er hätte Jessops Grundstück gekauft, wenn ich's zugelassen hätte», fuhr Bud fort. «Aber ich würde ihm doch keinen falschen Tip geben.»

«Nein, bist ja bloß unser armer, einfältiger Stadtgauner», sagte Buck.

«Andre hätten sich das zunutze gemacht», sagte Bud. «Vielleicht haben's manche getan. Aber ich nicht. Ich hab ihm das hier empfohlen, und er ist mit Irene eingezogen, sobald sie verheiratet waren. Ich hätte dem Doktor doch keinen Dreckhaufen mit 'ner Quelle unter den Fundamenten angedreht.»

«Ach, reden wir nicht mehr davon», sagte der Doktor, den Buds gewissenhafte Verteidigung verlegen machte. «Vielleicht kommt es einfach von den starken Regenfällen.»

«Meine Güte!» sagte Buck mit einem Blick auf die verschmierte Spitzhacke. «Sie haben aber mächtig tief gegraben. Bis in den Lehm runter, was?»

«Bis zur Lehmschicht ist es über einen Meter», sagte Bud.

«Nein, fünfundvierzig Zentimeter», sagte der Doktor.

«Über einen Meter», wiederholte Bud. «Ich kann's Ihnen auf der Karte zeigen.»

«Laß doch das Streiten», sagte Buck. «Wie wär's denn, Doktor? Eine Stunde oder zwei am Bach? Sie beißen heute.»

«Nein, Jungens, ich kann nicht», sagte der Doktor. «Muß ein paar Patienten besuchen.»

«Ach was, Doktor, leben und leben lassen», sagte Bud. «Geben Sie den Leuten Gelegenheit, gesund zu werden. Wollen Sie denn die ganze Stadt entvölkern?»

Der Doktor blickte lächelnd und brummelnd vor sich hin, wie immer, wenn dieser Scherz aufgetischt wurde. «Tut mir leid, Jungens», sagte er. «Ich kann nicht.»

«Na, dann werden wir lieber gehen», sagte Bud enttäuscht. «Wie geht's denn Irene?»

«Irene?» sagte der Doktor. «Danke, ausgezeichnet. Ist zu Besuch nach Albany gefahren. Mit dem Elf-Uhr-Zug.»

«Elf Uhr?» sagte Buck. «Nach Albany?»

«Hab ich Albany gesagt?» sagte der Doktor. «Ich meine Watertown.»

«Haben Sie Freunde in Watertown?» fragte Buck.

«Ja, Mrs. Slater», antwortete der Doktor. «Mr. und Mrs. Slater. Waren Nachbarn von Irenes Eltern, sagte sie, da drüben in der Sycamore Street.»

«Slater?» sagte Bud. «Nachbarn von Irene? Aber nicht in unserer Stadt.»

«O doch», sagte der Doktor. «Sie hat mir noch gestern abend davon erzählt. Sie hat von ihnen einen Brief bekommen. Ich glaube, diese Mrs. Slater hat sich mal um Irene gekümmert, als ihre Mutter im Krankenhaus lag.»

«Nein», sagte Bud.

«Jedenfalls hat sie mir's so erzählt», sagte der Doktor. «Natürlich ist das viele Jahre her.»

«Hören Sie mal, Doktor», sagte Buck. «Bud und ich, wir sind in dieser Stadt aufgewachsen. Wir haben Irenes Leute unser Leben lang gekannt. Wir sind dauernd bei ihnen aus- und eingegangen. Da haben keine Slaters nebenan gewohnt.»

«Vielleicht ist die Frau zum zweitenmal verheiratet», sagte der Doktor. «Vielleicht hieß sie damals anders.»

Bud schüttelte den Kopf.

«Wann ist Irene denn zum Bahnhof gegangen?» fragte Buck.

«So etwa vor einer Viertelstunde», sagte der Doktor.

«Sie haben sie nicht hingefahren?» fragte Buck.

«Nein, sie ist zu Fuß gegangen.»

«Wir sind die Main Street langgekommen», sagte Buck. «Wir sind ihr nicht begegnet.»

«Vielleicht ist sie über die Wiese gegangen», sagte der Doktor.

«Etwas beschwerlich mit einem Koffer», meinte Buck.

«Sie hat nur eine kleine Tasche mit dem Nötigsten mit», sagte der Doktor.

Bud schüttelte noch immer den Kopf.

Buck sah Bud an, dann die Hacke und dann den frischen, feuchten Zementfleck. «Du lieber Himmel!» sagte er.

«Großer Gott, Doktor!» sagte Bud. «Ein Mann wie Sie!»

«Was denkt ihr denn, um Himmels willen, ihr verdammten Idioten?» fragte der Doktor. «Was wollt ihr damit sagen?»

«Eine Quelle!» sagte Bud. «Ich hätte gleich wissen können, daß hier keine Quelle ist.»

Der Doktor sah den Zementfleck an, dann seine Hacke und dann die gutmütig-besorgten Gesichter seiner Freunde. Sein Gesicht wurde aschfahl. «Bin ich verrückt oder ihr?» sagte er. «Wollt ihr etwa andeuten, daß ich – daß Irene – meine Frau – wunderbar, nur weiter so! Nun geht schon!

Ja, geht und holt den Sheriff. Sagt ihm, er soll herkommen und nachgraben. Ihr – so geht doch!»

Bud und Buck sahen einander an, traten von einem Fuß auf den anderen und standen wieder still.

«Nun geht schon», sagte der Doktor.

«Ich weiß nicht», sagte Bud.

«Nicht daß er keine Veranlassung hätte», sagte Buck.

«Die hat er, weiß Gott», sagte Bud.

«Ja, weiß Gott», sagte Buck. «Du weißt es. Ich weiß es. Die ganze Stadt weiß es. Aber versuch das mal den Geschworenen beizubringen.»

Der Doktor faßte sich an den Kopf. «Was heißt das?» fragte er. «Was soll das? Was wollt ihr damit sagen? Was meint ihr?»

«Eine verflixte Situation!» sagte Buck. «Doktor, Sie müssen das verstehen. Man muß sich das überlegen. Wir sind von Anfang an Freunde gewesen. Richtig gute Freunde.»

«Aber wir müssen uns das überlegen», sagte Bud. «Es ist eine ernste Sache. Veranlassung oder nicht, es gibt schließlich Gesetze. Man kann sich mitschuldig machen.»

«Ihr habt von Veranlassung gesprochen», sagte der Doktor.

«Richtig», sagte Buck. «Und wir sind mit Ihnen befreundet. Und wenn jemand berechtigt wäre . . .»

«Wir müssen uns irgendwie darüber klarwerden», sagte Bud.

«Berechtigt?» fragte der Doktor.

«Früher oder später mußten Sie es ja erfahren», sagte Buck.

«Wir hätten's Ihnen sagen können», sagte Bud. «Bloß – ja, warum eigentlich?»

«Wir hätten's Ihnen sagen können», sagte Buck. «Und beinah hätten wir's getan. Vor fünf Jahren. Als Sie noch nicht verheiratet waren. Sie waren noch keine sechs Monate hier, aber wir mochten Sie irgendwie gern. Wir wollten Ihnen einen Wink geben. Haben darüber gesprochen. Weißt du noch, Bud?»

Bud nickte. «Komisch», sagte er. «Jessops Grundstück, da hab ich ganz offen mit Ihnen drüber geredet. Nie hätte ich zugelassen, daß Sie das kaufen, Doktor. Aber heiraten, das ist wieder was anderes. Doch, wir hätten's Ihnen sagen können.»

«Insofern sind wir mit dran schuld», sagte Buck.

«Ich bin fünfzig», sagte der Doktor. «Das ist wohl ziemlich alt für Irene.»

«Und wenn Sie Johnny Weissmüller mit einundzwanzig wären, das würde auch nichts ändern», sagte Buck.

«Ich weiß, viele Leute halten sie nicht direkt für eine gute Ehefrau», fuhr der Doktor fort. «Vielleicht ist sie keine gute Ehefrau. Sie ist jung. Sie ist lebenslustig.»

«Ach, hören Sie auf, Doktor!» sagte Buck scharf und sah wieder den frischen Zementfleck an. «Hören Sie um Gottes willen auf.»

Der Doktor strich sich mit der Hand übers Gesicht. «Die Menschen sind verschieden», sagte er. «Ich bin ein etwas trockener Bursche. Ich schließe mich nicht so leicht auf. Irene – die ist mehr von der munteren Sorte.»

«Kann man wohl sagen», sagte Buck.

«Sie ist keine Hausfrau», sagte der Doktor. «Das weiß ich. Aber das ist nicht das einzige, was der Mensch braucht. Sie hat sich amüsiert.»

«O ja», sagte Buck. «Das hat sie.»

«Und das liebe ich an ihr», sagte der Doktor. «Weil ich selber nicht so bin. Sie ist geistig nicht sehr tiefgründig. Na schön. Sagen wir, sie ist dumm. Ist mir egal. Faul. Unsystematisch. Na wennschon, systematisch bin ich selber. Sie hat sich amüsiert, unschuldig wie ein Kind. Ich finde das schön.»

«Ja. Wenn das alles wäre», sagte Buck.

«Aber», sagte der Doktor, ihm den Blick voll zuwendend, «ihr wißt anscheinend mehr.»

«Jeder weiß es», sagte Buck.

«Ein anständiger, ehrlicher Mann kommt hierher und heiratet das Stadtflittchen», sagte Bud bitter. «Und keiner sagt's ihm. Alle sehen bloß zu.»

«Und lachen», sagte Buck. «Wir beide auch, Bud, genau wie die anderen.»

«Wir haben ihr gesagt, sie soll sich in acht nehmen», sagte Bud. «Wir haben sie gewarnt.»

«Alle haben sie gewarnt», sagte Buck. «Aber als es dann bis zu Lastwagenfahrern ging . . .»

«Wir sind's nie gewesen, Doktor», sagte Bud ernst. «Jedenfalls nicht, seitdem Sie hier sind.»

«Die ganze Stadt wird auf unserer Seite sein», sagte Buck.

«Das wird nicht viel nützen, wenn es zur Verhandlung in der Hauptstadt kommt», sagte Bud.

«Oh!» schrie der Doktor plötzlich. «Was soll ich nur machen? Was soll ich machen?»

«Ich überlasse es dir, Bud», sagte Buck. «Ich kann ihn nicht anzeigen.»

«Immer mit der Ruhe, Doktor», sagte Bud. «Beruhigen Sie sich. Paß auf, Buck. Als wir hier reingingen, war doch niemand auf der Straße, oder?»

«Ich glaube, nein», sagte Buck. «Jedenfalls hat uns niemand in den Keller gehen sehen.»

«Und wir sind auch gar nicht hier unten gewesen», sagte Bud eindringlich zum Doktor. «Haben Sie das verstanden, Doktor? Wir haben oben gerufen und sind ein paar Minuten rumgestanden und dann wieder gegangen. Aber in diesem Keller sind wir nie gewesen.»

«Ich wollte, es wäre so», sagte der Doktor schwer und langsam.

«Sie brauchen bloß zu sagen, Irene ist spazierengegangen und nicht wiedergekommen», sagte Buck. «Bud und ich können beschwören, daß wir sie mit einem Mann in einem – na, sagen wir, in einer Buick-Limousine gesehen haben, die stadtauswärts fuhr. Jeder wird das unbesehen glauben. Das machen wir schon. Aber erst nachher. Jetzt wollen wir lieber verduften.»

«Und vergessen Sie's nicht, und bleiben Sie dabei: Wir sind nie hier unten gewesen, wir haben Sie heute überhaupt nicht gesehen», sagte Bud. «Wiedersehn!»

Buck und Bud stiegen mit etwas lächerlicher Vorsicht die Stufen hinauf. «Decken Sie das . . . das da lieber zu», sagte Buck noch über die Schulter.

Als der Doktor allein war, setzte er sich auf eine leere Kiste und stützte den Kopf in beide Hände. Er saß noch so da, als die Verandatür wieder zuschlug. Diesmal fuhr er nicht zusammen. Er lauschte. Die Haustür ging auf und wieder zu. Eine Stimme rief: «Juhuh! Juhuh! Ich bin wieder da.»

Der Doktor erhob sich langsam. «Ich bin hier unten, Irene!» rief er.

Die Kellertür öffnete sich. Eine junge Frau stand auf der obersten Stufe. «Ist das nicht die Höhe?» sagte sie. «Ich habe den Zug versäumt.»

«Oh!» sagte der Doktor. «Bist du über die Wiese zurückgekommen?»

«Ja, ich Idiot», sagte sie. «Ich hätte mich doch von jemand im Wagen mitnehmen lassen können, dann hätte ich den Zug noch auf der Strecke erwischt. Ich habe mir das einfach nicht überlegt. Aber wenn du mich zur Umsteigestation fährst, könnte ich es noch schaffen.»

«Vielleicht», sagte der Doktor. «Hast du auf dem Rückweg jemand getroffen?»

«Nein, keine Menschenseele. Bist du noch nicht fertig mit deiner Arbeit?»

«Ich fürchte, ich muß alles noch mal aufmachen», sagte der Doktor. «Komm runter, mein Liebes, du wirst schon sehen.»

Novembernebel

Ich war auf alles gefaßt, als ich in das Seebad T . . . kam. Es war schon spät im Jahr. Dürre Blätter krochen wie Krebse über den Asphalt der menschenleeren Promenade. Die Winde galoppierten durch die Korridore der größeren Hotels und platzten in die falschen Zimmer hinein.

An solch einem Ort und in solch einer Jahreszeit findet man verzweifelte Strohwitwen oder lebenshungrige junge Dinger, die mit natürlicher Leichtgläubigkeit auf den gröbsten Schwindel anbeißen. Aus ist es mit der Illusion der unbegrenzten Möglichkeiten, sobald der ausgelassene Karneval des Sommers zu Ende, die sonnengebräunte Maske verblaßt und der letzte Mann, der einmal allein in den Dünen sitzen könnte, abgereist ist.

Heißhungrige Träume geistern in den verlassenen Salons der Villen oder am Strand zwischen hochgehenden Wogen und rieselndem Laub.

Mein hintergründiges Lächeln und der Hintersinn meiner Worte hätten mir in dem kurzlebigen Paarungstanz des Sommers den Ruf eines ränkeschmiedenden Machiavelli verschafft. Man hätte mich als schwierigen, neunmalklugen, sogar als unangenehmen oder gar gefährlichen Zeitgenossen verurteilt. Jetzt dagegen würde meine etwas komplizierte Persönlichkeit ebenso freudig begrüßt werden wie ein Puzzlespiel von vor Langeweile zappeligen Händen. Trotzdem war ich so weit gegangen, mir ein neues Sportjackett zu kaufen, und wäre mein schwarzer Schnurrbart tatsächlich vorhanden gewesen, so hätte ich ihn vorsichtshalber abrasiert.

Ich hatte noch ein bißchen Geld. Ich ging nicht auf Profit aus, sondern auf Vergnügen. Ich wollte mich an einem echten Gefühl berauschen. In welcher der noch bewohnten Villen, in welchem albernen Wohnzimmer würde ich – ängstlich auf der Hut vor welchem Ehemann, vor welcher Tante? – unter der berauschenden Wirkung dieses Zaubertrankes meine Possen treiben?

Peinlich darauf bedacht, meine Schutztarnung einzuhalten, sagte ich mir an meinem ersten Abend im Hotel, daß ich den Apéritif vor dem Abendessen natürlich nicht versäumen dürfe. Ich betrat also flotten Schrittes die Bar, den Mund – wie die Augenhöhle eines Provinzschauspielers (aber alle Schauspieler sind provinziell) im Kampf mit dem wackeligen Monokel – schon zu einem durchschlagenden Witz verziehend.

Diese witzige Bemerkung wurde nie ausgesprochen. Ich glaubte einen Goldfisch vor mir zu sehen. Es war der honigblonde Kopf der über eine Liebesgeschichte gebeugten Bardame, aber da die Bar das Aussehen des Zweiter-Klasse-Salons eines vor zwei Jahren auf den Grund des graugrünen Ozeans gesunkenen Dampfers hatte, glaubte ich, es wäre ein Goldfisch. Dieser Irrtum wurde sogleich richtiggestellt: die Dame hob den Kopf, und ihr rosiges Gesicht schien so von Sonnenglanz übergossen, daß ich unwillkürlich nach den blühenden Zweigen eines Obstgartens suchte.

Das alles war etwas verwirrend und geeignet, meine Haltung zu erschüttern. Diese zum Anbeißen frischen Gesichter haben nämlich eine ganz besondere Wirkung auf mich. «Fahr hin, du schmachtende Seemannsfrau und du bleichsüchtige Leidenschaft im Pfarrhaus!» dachte ich. «Ihr seht mich nimmermehr.»

Ich bestellte eines der hinter ihr aufgestellten Getränke – bei weitem nicht so berauschend wie sie – und steckte ein bißchen zurück: ich verwandelte mich in einen gewissen Bert, einen schon gut verdienenden jungen Mann, gleichzeitig keß und schüchtern, aber wahrscheinlich zu ernsten Gefühlen fähig. Einer, bei dem man nie weiß, was er als nächstes sagen wird.

Ich wußte es selber nicht recht, als sie mich ostentativ kaum beachtete und sich wieder in das blumige Dickicht ihrer Traumwelt zurückzog. Dieses Dickicht mußte in den letzten ein bis zwei Monaten ziemlich wild ins Kraut geschossen sein, denn bevor sie sich umdrehen und einen Blick hinauswerfen konnte, wurde sie davon wie ein angehendes Dornröschen mit Haut und Haar verschlungen, und wirklich: sie gähnte schon.

Ich analysierte dieses Gähnen mit der zurückhaltenden Exaktheit jener Wissenschaftler, die Scotland Yard auf die richtige Spur zu bringen pflegen. Ich entdeckte, daß es von Seufzern schwer übersättigt war und dem wehmütigen Protest gegen die Diskrepanz zwischen Traum und Wirklichkeit entsprang. Obgleich wir erst Mitte November hatten, diagnostizierte ich es als ein verfrühtes Dezembergähnen, und im Dezember findet man sich bekanntlich mit der Wirklichkeit ab. Das ermutigte mich dazu, sofort zu handeln.

Ich tat so, als befragte ich mein Herz wie eine Taschenuhr, ich atmete schwer, ich biß mich auf die Lippe und starrte sie wild und argwöhnisch an. Man konnte nie wissen, ob ich etwas ernst oder spaßig meinte. «Glauben Sie an Liebe auf den ersten Blick?» fragte ich feurig.

«Nein, mein Herr», antwortete sie streng. «So was verfängt bei mir nicht, vielen Dank.»

Sie konnte höchstens seit sieben bis acht Wochen Bardame sein. Hinter ihrer beruflichen Kaltschnäuzigkeit lauerte die bezaubernde Neugier auf die Wirkung wie bei einem Kind, das sich den schrecklichen Hut seiner Mutter aufgesetzt hat.

«Ich rede nicht nur so daher», sagte ich (mit einem kleinen Dämpfer, wohlgemerkt). «Ich bin nämlich, ob Sie es glauben oder nicht, ein bißchen telepathisch veranlagt.» Bei diesem Wort – dem nützlichsten, wenn auch nicht dem schönsten unserer Sprache – blickte sie auf und sah mir in die Augen, in denen ich ein paar Stückchen alter Aufrichtigkeit als Köder ausgelegt hatte, die ich für solche Zwecke stets bei mir habe. Ein paar davon legte ich auch in meine Stimme, als ich hinzusetzte: «Wissen Sie, was ich gedacht habe, als ich Sie sah?»

«Was denn?» fragte sie.

«Ich will es Ihnen sagen. Ich habe gedacht: ‹Es ist etwas Tragisches um dieses Mädchen. Sie vergeudet ihr Leben. Da ist so etwas wie eine Schranke, die sie von den freudigen Überraschungen des Lebens absperrt. Ich wollte, sie könnte diese Schranke niederreißen.›»

«Ist das Ihr Ernst?»

«Ja», sagte ich. «Geben Sie mir Ihre Hand. Ich kann darin lesen wie in einem Buch, wahrscheinlich eins von Ihrem Lieblingsschriftsteller. O ja, ich bin bestimmt telepathisch veranlagt. Schon als ich hier ankam, hatte ich so etwas wie eine Vorahnung. Ich wußte, daß ich mich hoffnungslos verlieben werde.»

«Und ich weiß, daß Sie mich nur zum besten halten», sagte sie, aber sie hielt mir doch ihre offene Hand hin, die sich als völlig unleserlich erwies.

Trotzdem sagte ich in überzeugendem Ton: «Sie haben heute Liebesgedanken gehabt. Sie haben von einem Fremden geträumt. Bestreiten Sie's nicht, denn es steht in Ihrer Hand geschrieben. Und das ist noch nicht alles.»

«Was steht denn noch drin?» fragte sie.

«Nennen Sie es, wie Sie wollen», sagte ich feierlich. «Nennen Sie's Schicksal oder Kismet – es ist nicht wegzuleugnen. Oder nennen wir es meinetwegen Bestimmung. Gegen die Bestimmung darf man sich nicht sträuben, wissen Sie, sonst ruiniert man einfach alles. Hier steht . . . Raten Sie mal!»

«Ich kann nicht», sagte sie. «Sagen Sie's.»

Ich konnte es auch nicht raten. Schweigend studierte ich ihre Handfläche. Sie beugte sich neugierig ein bißchen weiter vor. Unsere Stirnen berührten einander. Ich fiel nicht in Ohnmacht, aber der Schock unterbrach jede Verbindung zwischen bewußtem Denken und Willenskraft. Mit göttlichem Erschauern hörte ich mich antworten: «Da steht, daß wir heiraten werden.»

«Oh», sagte sie. «Das weiß ich noch nicht.»

«Was?» rief ich, bis ins Mark getroffen, alle Vorsicht vergessend. «Ist das zwei Seelen und ein Gedanke? Ist das zwei Herzen und ein Schlag? Soll denn schon jetzt Zwietracht zwischen uns herrschen?»

«Ich habe es nicht so gemeint», antwortete sie reuig.

«Großartig!» sagte ich. «Unser erster kleiner Streit schon beigelegt. Und kennen wir einander dadurch nicht irgendwie besser? Sind wir einander nicht nähergekommen? Wir sollten einander so nah wie möglich sein. Beugen Sie sich doch ein bißchen mehr herüber.»

Das Schicksal hatte offensichtlich triumphiert. Ihr Kuß war wie Himmelschlüssel mit Sahne. Keine Frage: ich war verliebt und nicht mehr verantwortlich für das, was ich tat.

In diesem Augenblick jedoch tönten Gongschläge durch die hallenden Tiefen des Hotels. «Geh jetzt lieber», sagte sie, schon ganz ehefraulich. «Geh zum Essen. Du triffst mich später hier.»

Ich sah ein, daß Bert sein Abendessen nicht versäumen durfte und ging. Als ich wiederkam, waren noch keine störenden Besucher da, und sie saß noch hinter der Bar. Ich stürzte zu ihr, ich riß sie in meine Arme und setzte den so jäh unterbrochenen Kuß fort.

Gerade ging mir der hübsche Gedanke durch den Kopf, daß der Kuß eigentlich mehr nach Sahne und Jelängerjelieber als nach Himmelschlüssel schmeckte, als mich eine schallende Ohrfeige traf.

«Was?» sagte ich zurücktaumelnd. «Hast du mich schon satt? Das hättest du mir wenigstens etwas sanfter mitteilen können.»

«Ich werde den Geschäftsführer rufen», sagte sie.

«Tu das nur», sagte ich. «Ruf auch gleich den Hausknecht. Und die Kellner. Und alle Honoratioren von T . . . ! Sie alle sollen wissen, daß du mir vor dem Essen die Heirat versprochen und mir nach dem Essen wegen eines Kusses eine geknallt hast.»

«Ich Ihnen die Heirat versprochen?» rief sie. «Vor dem Essen? Ooooh! Daß muß Bella gewesen sein. Na, so was! Bella!»

«Wie heißen Sie?» fragte ich.

«Nellie», sagte sie.

«Richtig, Nellie», sagte ich. «Sie waren es. Zum Teufel mit dieser hinterhältigen Bella, die sich hier einmischen will . . .» Aber noch während ich sprach, machte sie kehrt und stürzte durch die Tür hinter der Bar hinaus.

Ich hörte köstlich quietschende, kichernde Mädchenstimmen. «Hoffentlich zwickt sie diese abscheuliche Bella gehörig», dachte ich. «Sich für sie auszugeben! Das arme Mädchen war ja ganz durcheinander.» In diesem Augenblick ging die Tür wieder auf, und sie kamen heraus, Hand in Hand.

«Ich bin Nellie.»

«Ich bin Bella.»

«Seien Sie mal ganz ruhig», sagte ich, den Erstaunten spielend. «Darüber muß ich erst ein Weilchen nachdenken.»

«Sieh mal! Das haut ihn um.»

«Ist er nicht süß?»

«Ja, er ist goldig. Bella, was *hast* du für ein Glück!»

«Beim nächsten bist du dran.»

Das eben war der Haken. Mein Gemüt verdüsterte sich beim Gedanken an einen Schwager. Man weiß doch, wie biestig Männer sein können. Ich sah ein Gewirr von tausend verwickelten Eifersüchteleien vor mir. Die Mädchen glichen einander aufs Haar; wie ein Ei dem anderen, könnte man sagen. Außerdem: wer kann sich zwischen Himmelschlüssel und Jelängerjelieber entscheiden?

Es wurde Zeit, daß ich etwas sagte. «Also, so was Wunderbares!» sagte ich. «Ich wollte, der gute Fred wäre jetzt hier!»

«Wer ist Fred?»

«Fred? Oh, der würde euch gefallen. Ein prachtvoller Bursche. Mein Zwillingsbruder.»

«Nein!»

«Doch, und wir sind einander zum Verwechseln ähnlich. Noch ähnlicher als ihr beiden. Gleiches Aussehen. Gleicher Geschmack. Gleiche Gedanken. Ich weiß immer, was er denkt. Gerade jetzt versucht er mir irgendwas zu sagen. Wetten, daß er weiß, wie glücklich ich bin? Ja, er weiß es. Er gratuliert mir. In Wellen. Er fragt etwas. Was denn, Fred, alter Junge? Ob *was* da ist? Oh! *Ist eine für mich da, Bert?* Das ist es, was er mir sagen will. Was soll ich ihm antworten, Nellie?»

«Ich weiß wirklich nicht.»

«Kannst du ihn nicht mal mitbringen?» fragte Bella.

«Das geht nicht», sagte ich. «Wir haben einen ganz speziellen Posten, von dem immer nur einer von uns weg kann. Aber wißt ihr was? Ich werde ihn *herschicken.*»

Darauf einigten wir uns. Es wurde ein reizender Abend, und am nächsten Vormittag kaufte ich mir ein neues Sportjackett, bürstete mir das Haar anders und kehrte als Fred zurück.

Als ich die Bar betrat, hielt ich die Finger vor die Augen. «Welche sind Sie?» rief ich. «Ich will Sie erst richtig ansehen, wenn ich das weiß. Sonst verliebe ich mich am Ende in die falsche.»

«Ich bin Nellie.»

«Gut! Um jede Unklarheit zu beseitigen: ich bin Fred.» Damit ließ ich die Hand sinken. «Der gute alte Bert!» rief ich. «Was hat er doch für einen guten Geschmack! Prachtvoller Bursche!»

«Ja, er ist nett. Aber Sie sind auch nett.»

«Finden Sie das wirklich?»

Kurzum: wir waren glücklich. Bald darauf kam Bella herein. Wir taten nichts als kichern, Vergleiche anstellen und uns künftige Freuden ausmalen.

«Wir sollten wirklich eine Doppelhochzeit machen», sagte sie.

«Das geht nicht», erwiderte ich. «Wirklich nicht. Ihr könnt Bert fragen, wenn ihr mir nicht glaubt. Er wird auch sagen, daß es nicht in Frage kommt.»

Die nächsten paar Tage vergingen in Blitzesschnelle. Alles war doppelt so lustig als gewöhnliches Hochzeitsgeläut. Ich mietete ein Doppelhaus, richtete beide Wohnungen mit Möbeln aus demselben Laden ein und nahm eine Woche Urlaub für Berts und die nächste für Freds Hochzeitsreise.

Dann begann für mich ein ungemein befriedigendes und geregeltes Doppelleben. Den einen Abend luden Nellie und ich Bella zum Essen ein, und wir sangen die ganze Zeit Berts Lob; am nächsten Abend bewirteten Bella und ich Nellie, und wir taten das gleiche für Fred.

Erst nach einem vollen Monat fragte ich mich: wer ist der Glücklichere von beiden, Fred oder Bert? Ich konnte es nicht beantworten. Die Frage blieb offen, bis sie mich zu quälen begann.

Ich wurde ein bißchen launisch und zog mich manchmal, Kopfschmerzen vorschützend, ins Nebenzimmer zurück, um wieder über diese Frage nachzugrübeln. Einmal ging ich dabei in die Diele, um aus meiner Manteltasche Zigaretten zu holen, und da hörte ich durch die dünne Wohnzimmertür die beiden Mädchen schwatzen. «Die lieben Kinder!» dachte ich. «Sie sprechen wieder über ihre Männer. Vielleicht bringt das etwas Licht in mein Problem. Bella findet, daß Bert die hübschere Stimme hat. Nellie behauptet, daß Fred mehr Lieder kennt. Was höre ich? Also wirklich, Bella! Komm, komm, Nellie, du schmeichelst mir! Bella, du übertreibst! Nellie, das ist eine glatte Lüge!»

Bald darauf hörte ich Nellie nach Hause gehen. Ich gesellte mich zu Bella, die offenbar sehr mit ihren Gedanken beschäftigt war. «Bert», sagte sie, «wer ist der bessere Schwimmer, du oder Fred!»

«Wir schwimmen nie um die Wette, Liebling, wir wissen genau, daß wir gleich gut sind.»

«Wenn ihr's nun mal versuchtet – ob ihr wirklich gleich gut wäret?» sagte Bella, noch immer mit sehr nachdenklicher Miene.

Als ich am nächsten Abend in die andere Wohnung kam, fand ich Nellie ebenso beunruhigt vor. «Ich muß dich etwas fragen», sagte sie. «Natürlich, Bella ist meine Schwester, meine Zwillingsschwester, und niemand könnte sie lieber haben als ich. Aber sag mir, Fred, glaubst du, daß sie absolut ehrlich ist?»

«Absolut», sagte ich. «Dafür würde ich mein Leben verwetten und Berts Leben dazu. Sie ist unfähig, zu lügen.»

«Oh», sagte Nellie und versank in noch tieferes Nachdenken.

Es war mir ein bitteres Vergnügen, die zunehmende Nachdenklichkeit meiner beiden Frauen zu beobachten. «Ich habe so ein Gefühl», sagte ich mir, «als sollte ich bald erfahren, wer glücklicher ist: Bert oder Fred.»

Und so kam es denn auch. Sehr bald ließ Nellie eines Abends fragen, ob Bert ihr helfen könne, ein paar schwere Möbelstücke zu verschieben. Ich ging hinüber, um ihr zu helfen, und danach saßen wir eine Weile zusammen und plauderten über Zwillinge, Ähnlichkeiten und Unterschiede, Ehe, Konventionen und Liebe, und was passiert wäre, wenn Fred Bella vor mir kennengelernt hätte, und ob man etwas, was keinem schadet, wirklich ein Unrecht nennen kann.

Es dauerte lange, bis wir alle diese Probleme zu vollkommener Zufriedenheit gelöst hatten, so daß ich Bellas Gesellschaft fast während des ganzen Abends entbehren mußte. Dafür wurde ich am folgenden Tag entschädigt, denn sie kam herüber, um zu fragen, ob Fred ihr beim Reparieren eines undichten Wasserhahns helfen könne, und wir hatten ein fast identisches Gespräch, das ebensoviel Zeit in Anspruch nahm.

Ich befand mich nun in einem Zustand höchster, komplizierter Seligkeit. Es war ganz klar, daß Bert keinen Grund hatte, Fred zu beneiden und daß Freds Glück in jeder Beziehung demjenigen von Bert gleichzusetzen war. Ich hatte nicht nur zwei bezaubernde Frauen, sondern mein doppeltes Eheglück wurde durch die genußreiche zweifache Untreue noch vermehrt.

Aber als ich eines Tages in meiner Eigenschaft als Bert am Kamin saß, mein legitimeres Glück mit Bella genoß und mich an ihrem entzückenden Geplauder und an ihrer wieder vollständig hergestellten guten Laune freute, traf mich plötzlich wie ein Donnerkeil der Gedanke: «Diese Frau betrügt mich.»

Ich sprang, eine Entschuldigung murmelnd, auf und stürzte aus dem nun verhaßten Haus. Ich ging, eine Beute höchst bitterer Überlegungen, bis spät nachts am Strand spazieren. Ich mußte zugeben, daß ich weitgehend selbst daran schuld war, aber ich wußte wenigstens, daß es keinen Unterschied machte. Sie hatte diese Entschuldigung nicht; sie hatte unser Paradies zerstört.

Mitternacht war längst vorüber, als ich nach Hause ging. Ich schlief unruhig und eilte morgens aus dem Haus, um die erbärmliche Persönlichkeit des betrogenen Ehemannes mit derjenigen des schurkischen Ehebrechers zu vertauschen.

Als sorglos grinsender Fred kehrte ich zurück. Nellie begrüßte mich und fragte: «Wie ging es Bert, als du dich von ihm trenntest?»

«Bert?» sagte ich. «Bert!»

Ohne ein weiteres Wort ging ich schweren Schrittes hinauf und betrachtete mich im Spiegel. Der Anblick machte mich wütend. Am liebsten hätte ich mich eigenhändig erdrosselt. Ich sehnte mich danach, ins Nebenhaus zu stürzen und meiner anbetungswürdigen Geliebten mein bekümmertes Herz auszuschütten, aber im Grunde wußte ich, daß sie genauso falsch war wie ihre Schwester.

Ich dachte an Scheidung und rechnete mir unter Zuhilfenahme der Finger das Für und Wider aus, wobei ich mir zwei Finger häßlich verstauchte. Außerdem wäre die Öffentlichkeit einer solchen Prozedur sehr peinlich gewesen.

Endlich kam ich zu einem Entschluß. Ich eilte zum Bahnhof, um den letzten Zug in die Stadt zu erwischen. Dort angekommen, schrieb ich zwei Briefchen folgenden Inhalts:

«Liebe Nellie, ich bin dahintergekommen. Ich werde Bert bitten, mit mir zum Schwimmen zu gehen. Er wird nie zurückkehren, Fred.»

«Liebe Bella, ich weiß alles. Ich werde Fred zu einem mitternächtlichen Bad im Meer überreden. Er wird nicht wiederkommen. Bert.»

Nachdem ich meine Briefe in den Kasten gesteckt hatte, brachte ich meine beiden Sportjacketts an den Strand, wo ich sie nebeneinander liegen ließ.

Ich kam gerade noch rechtzeitig zum Zug nach B . . ., und dort lernte ich Mrs. Wilkinson kennen.

Mitternachtsblau

Mr. Spiers kam sehr spät nach Hause. Er schloß ganz leise die Tür und knipste das elektrische Licht an, dann blieb er lange auf der Türmatte stehen.

Mr. Spiers war ein wohlhabender Buchprüfer; er hatte ein langes, hageres, für gewöhnlich blasses Gesicht mit kalten Augen und verkniffenem Mund. Hinter seinen Kinnbacken zuckte ein Muskel, ganz leicht, wie die Kiemen eines Fisches.

Nun nahm er seinen steifen Hut ab; er musterte ihn erst von innen, dann von außen, dann hängte er ihn an den Haken, wo er hingehörte. Er nahm sein Halstuch ab – es war ein dunkles Halstuch mit mittelgroßen Punkten –, unterzog es einer sorgfältigen Prüfung und hängte es an einen anderen Haken. Sodann wurde der Mantel aufgehängt, nachdem er ihn womöglich noch gewissenhafter geprüft hatte, und dann ging Mr. Spiers rasch hinauf.

Im Badezimmer stand er sehr lange vor dem Spiegel. Er drehte das Gesicht hin und her und legte den Kopf zur Seite, um auch Kinn und Hals betrachten zu können. Er kontrollierte den Sitz des Kragens und der Schlipsnadel, musterte seine Manschetten- und sonstigen Knöpfe, und schließlich begann er sich zu entkleiden. Wieder untersuchte er jedes Kleidungsstück sehr genau; gut, daß Mrs. Spiers ihn jetzt nicht sah, sie hätte am Ende geglaubt, daß er nach einem langen Haar oder Puderspuren suchte. Aber Mrs. Spiers schlief seit zwei Stunden. Ihr Mann schlich, nachdem er jeden Faden seiner Kleidung geprüft hatte, ins Ankleidezimmer und holte eine Kleiderbürste, mit der er sogar seine Schuhe bearbeitete. Endlich betrachtete er Hände und Fingernägel und schrubbte sie sehr gründlich.

Dann setzte er sich auf den Badewannenrand, stützte die Ellbogen auf die Knie und das Kinn in die Hände und versank in tiefes Nachdenken. Immer wenn er einen Punkt erledigt hatte, hob er einen Finger und legte ihn dann wieder an die Wange oder auch an die Stelle hinter dem Kiefer, wo sich ein Muskel bewegte, ganz leicht, wie die Kiemen eines Fisches.

Schließlich schien Mr. Spiers zu einem befriedigenden Schluß gekommen zu sein; er drehte das Licht aus und begab sich in das eheliche Schlafgemach, dessen Einrichtung in Kremfarben, Rosarot und Altgold gehalten war.

Am nächsten Morgen erhob Mr. Spiers sich zur üblichen Stunde und ging mit seinem üblichen Gesichtsausdruck ins Frühstückszimmer hinunter.

Seine Frau, in jeder Hinsicht das Gegenteil von ihm – wie eine Ehefrau angeblich sein soll –, war bereits dabei, den Kaffee einzugießen. Sie war so blond und rundlich, so gutmütig und konfus, wie eine Frau am Frühstückstisch sein soll, vielleicht sogar noch mehr. Die beiden jüngeren Kinder saßen an ihren Plätzen, die beiden älteren verspäteten sich. «Da bist du ja!» sagte Mrs. Spiers in munterem Ton zu ihrem Mann. «Du bist gestern abend spät nach Haus gekommen.»

«Gegen eins», sagte er, die Zeitung zur Hand nehmend.

«Nein, es muß später gewesen sein», sagte sie. «Ich habe es ein Uhr schlagen hören.»

«Es kann auch halb zwei gewesen sein», sagte er.

«Hat Mr. Benskin dich heimgefahren?»

«Nein.»

«Schon gut, mein Schatz, ich habe ja nur gefragt.»

«Gib mir meinen Kaffee», sagte er.

«So ein Herrenessen – ich habe nichts dagegen», sagte sie. «Ein Mann muß mal einen Abend mit seinen Freunden zusammen sein können. Aber du brauchst deine Nachtruhe, Harry. Nicht daß ich letzte Nacht viel Ruhe gehabt hätte. Oh, ich habe so einen schrecklichen Traum gehabt! Ich habe geträumt, daß ...»

«Wenn ich etwas noch mehr hasse als ein Fußbad in der Untertasse ...» sagte ihr Mann. «Sieh mal, was du da gemacht hast!»

«Also wirklich, Schatz», sagte sie, «du hast so schroff um deinen Kaffee gebeten ...»

«Vater hat selber übergeschwappt», piepste der kleine Patrick. «Er hat mit der Hand geruckelt – so.»

Mr. Spiers richtete den Blick auf seinen jüngeren Sohn, und der jüngere Sohn verstummte.

«Ich sagte», fuhr Mr. Spiers fort, «wenn ich etwas noch mehr verabscheue als diese Schweinerei in meiner Untertasse, dann ist es albernes Geschwafel über Träume am Frühstückstisch.»

«Ach so, mein Traum!» sagte Mrs. Spiers äußerst gutwillig. «Gut, mein Schatz, wenn du ihn nicht hören willst. Ich wollte nur erzählen, daß ich von dir geträumt habe.» Damit wandte sie sich wieder ihrem Frühstück zu.

«Entweder erzähl deinen Traum, oder erzähl ihn nicht», sagte Mr. Spiers.

«Du sagst doch, du willst ihn nicht hören», antwortete Mrs. Spiers, nicht unlogisch.

«Nichts ist so widerwärtig und ärgerlich», sagte Mr. Spiers, «wie die Geheimtuerei einer Frau ...»

«Es ist kein Geheimnis», sagte Mrs. Spiers. «Du hast doch gesagt, du willst nicht ...»

«Würdest du so gütig sein», sagte Mr. Spiers, «dieser Sache ein Ende zu machen und mir ganz kurz zu erzählen, was für einen Unsinn du geträumt hast, damit wir es hinter uns haben? So kurz, als ob du ein Telegramm diktiertest.»

«Mr. T. Spiers, Normandene, Radclyffe Avenue, Wrexton Garden. Ich habe geträumt, du würdest gehangen.»

«*Gehängt*, Mutter», sagte die kleine Daphne.

«Hallo, Mammi», sagte die große Schwester, die in diesem Augenblick eintrat. «Hallo, Pappi. Entschuldigt die Verspätung. Guten Morgen, Kinder. Was ist denn los, Pappi? Du siehst ja aus, als hättest du den Einkommensteuerbescheid bekommen.»

«Wegen Mord», fuhr Mrs. Spiers fort, «mitten in der Nacht. So ein lebhafter Traum, Schatz! Ich war ganz glücklich, als du sagtest, du wärst um halb zwei nach Haus gekommen.»

«Von wegen halb zwei», sagte die ältere Tochter.

«Laß diesen schnodderigen Ton, Mildred», sagte ihre Mutter.

«Pappi ist ein alter Bummelfritze», sagte Mildred, ihr Ei aufschlagend. «Als Freddy und ich um halb zwei von der Tanzerei kamen, hing sein Hut und Mantel noch nicht da.»

«*Hingen* noch nicht da», sagte die kleine Daphne.

«Wenn dieses Kind in meiner Gegenwart noch einmal seine ältere Schwester oder dich korrigiert ...» sagte Mr. Spiers.

«Sei still, Daphne», sagte ihre Mutter. «Na ja, mein Schatz, das war's. Ich habe geträumt, du hättest einen Mord begangen und würdest gehängt.»

«Pappi gehängt?» rief Mildred in höchster Schadenfreude. «Oh, Mammi, wen hat er denn ermordet? Erzähl doch – alle grausigen Einzelheiten!»

«Ja, es war wirklich grausig», sagte die Mutter. «Ich wachte ganz deprimiert auf. Es war der arme Mr. Benskin.»

«Was?» sagte ihr Mann.

«Ja, du hattest den armen Mr. Benskin ermordet», sagte Mrs. Spiers. «Obwohl ich nicht verstehe, warum du deinen eigenen Sozius ermorden solltest.»

«Weil er darauf bestanden hat, die Bücher einzusehen», erklärte Mildred. «Das tun sie immer, und dann werden sie ermordet. Ich wußte, daß Pappi das eine oder andere passieren würde – ermordet oder aufgehangen.»

«*Aufgehängt*», sagte die kleine Daphne. «Und *wen* hat er ermordet?»

«Du sollst *still* sein!» sagte ihr Vater. «Diese Kinder machen mich wahnsinnig.»

«Ja, mein Schatz, so war es», sagte seine Frau. «Ich sah dich und Mr. Benskin, spät nachts, er fuhr dich in seinem Wagen nach Hause, und ihr unterhieltet euch über das Geschäft – du weißt ja, man kann ganz schwierige Unterhaltungen träumen, über Sachen, von denen man gar nichts versteht, und alles klingt ganz richtig, aber es ist natürlich nichts als Unsinn. Mit Witzen ist es genauso. Man träumt, man hätte den besten Witz der Welt gemacht, und wenn man dann aufwacht ...»

«Erzähl weiter», sagte Mr. Spiers streng.

«Na ja, mein Schatz, ihr habt euch unterhalten und seid direkt in seine Garage gefahren, und da war es so eng, daß der Wagen nur nach einer Seite aufging, und du bist zuerst ausgestiegen und hast zu ihm gesagt: ‹Warten Sie einen Augenblick.› Und du hast den Vordersitz von seinem kleinen Chevrolet vorgeklappt und bist nach hinten gestiegen, wo eure Mäntel und Hüte lagen. Hab ich gesagt, daß ihr ohne Mäntel gefahren seid, weil es eine so milde Nacht war?»

«Weiter», sagte Mr. Spiers.

«Na ja, auf dem Rücksitz lagen eure Mäntel und Hüte, und Mr. Benskin saß noch am Steuer, und da lag der dunkle Mantel, den er immer trägt, und dein leichter Cheviotmantel, den du gestern angehabt hast, und eure seidenen Halstücher und eure Hüte und so weiter, und du hast das eine Halstuch genommen – sie waren beide weiß gepunktet –, ich glaube, er hat eins umgehabt, das war ganz ähnlich wie deins, nur dunkelblau. Na ja, du hast das Halstuch genommen, und ihr habt euch unterhalten, und du hast einen Knoten in das Tuch gemacht, und mit einemmal hast du es um seinen Hals gelegt und ihn erdrosselt.»

«Weil er die Bücher sehen wollte», sagte Mildred.

«Also das ist – das ist wirklich zuviel», sagte Mr. Spiers.

«Für mich war es beinah zuviel», sagte seine Gemahlin. «Ich war ganz außer mir, im Traum, meine ich. Dann hast du ein Seil genommen, das hast du mit dem einen Ende an das Halstuch und mit dem anderen an den Querbalken von der Garagendecke gebunden, damit es so aussah, als hätte er sich erhängt.»

«Großer Gott!» sagte Mr. Spiers.

«Ich kann dir gar nicht sagen, wie lebendig es war», fuhr seine Frau fort. «Und dann ging alles durcheinander, wie so oft in Träumen, und ich sah dich immerfort mit diesem Halstuch, und es drehte sich immer fester um deinen Hals. Und dann wurdest du verhört, und sie brachten – das Halstuch herein. Aber bei Tageslicht sah man, daß es das von Mr. Benskin war, denn es war dunkelblau. Nur bei künstlichem Licht sah es schwarz aus.»

Mr. Spiers zerkrümelte sein Brot. «Sehr merkwürdig», sagte er.

«Es ist natürlich ganz albern», sagte seine Frau. «Aber du *wolltest* ja, daß ich es dir erzähle.»

«Ich weiß nicht, ob es wirklich so albern ist», sagte Mr. Spiers. «Ich bin nämlich gestern abend tatsächlich mit Mr. Benskin nach Hause gefahren. Wir hatten eine sehr ernste Unterhaltung. Ich will mich nicht über Einzelheiten verbreiten, aber ich bin zufällig im Büro auf etwas sehr Eigenartiges gestoßen, und das mußte ich mit ihm besprechen. Wir haben lange im Wagen gesessen und geredet. Vielleicht bin ich wirklich später nach Hause gekommen, als ich dachte. Als ich mich von ihm trennte, weißt du, hatte ich ein ganz häßliches Vorgefühl. Ich dachte: ‹Der Mann wird sich umbringen.› Tatsächlich, das habe ich gedacht. Beinah wäre ich wieder umgekehrt. Ich fühlte mich sozusagen – na ja, ich fühlte mich verantwortlich. Es ist eine ernste Angelegenheit, und ich habe sehr eindringlich mit ihm geredet.»

«Meinst du etwa, daß Mr. Benskin was unterschlagen hat?» rief Mrs. Spiers. «Wir sind doch nicht ruiniert, Harry?»

«Ruiniert nicht», sagte ihr Mann. «Aber der Verlust ist ziemlich groß.»

«Glaubst du wirklich, daß er es war?» fragte Mrs. Spiers. «Er – er macht einen so ehrlichen Eindruck.»

«Er oder ich», sagte ihr Mann. «Und ich war es nicht.»

«Aber du glaubst doch nicht, daß er – daß er sich erhängt hat?» fragte Mrs. Spiers.

«Gott behüte!» sagte ihr Mann. «Allerdings, dieses Gefühl, das ich hatte – nun, vielleicht war dieses Gefühl an deinem Traum schuld.»

«Das stimmt: Rose Waterhouse hat von Wasser geträumt, als ihr Bruder auf einer Segeltour war», erzählte Mrs. Spiers, «aber er ist nicht ertrunken.»

«Solche Fälle gibt es zu Tausenden», sagte ihr Mann. «Die Einzelheiten stimmen meistens nicht.»

«Das will ich hoffen!» rief Mrs. Spiers.

«Zum Beispiel», fuhr er fort, «hatten wir beide gestern abend zufällig die ganze Zeit unsere Mäntel an und die Halstücher um. Die Atmosphäre war etwas gezwungen.»

«Das kann ich mir denken», sagte Mrs. Spiers. «Wer hätte das von Mr. Benskin gedacht?»

«Seine Frau hat es bestimmt nicht gedacht, die Ärmste», sagte Mr. Spiers ernst. «Ich habe beschlossen, sie zu schonen. Also, Mildred und ihr, Kinder, was auch passiert ist oder nicht, kein Wort, kein einziges Wort wird darüber geredet. Habt ihr verstanden? Zu niemand! Ihr wißt nichts. Ein einziges Wort kann Schande über die ganze bedauernswerte Familie bringen.»

«Du hast völlig recht, mein Schatz», sagte seine Frau. «Ich werde dafür sorgen, daß die Kinder den Mund halten.»

«Morgen, Mammi», rief Fred, der in diesem Augenblick hereinplatzte. «Morgen, alter Herr. Keine Zeit zum Frühstücken. Ich kann gerade noch den Zug erwischen, wenn ich Glück habe. Übrigens, wem gehört dieses Halstuch? Deins ist es doch nicht, Papi? Es ist nämlich dunkelblau. Darf ich es mir aneignen? Nanu – was ist denn los? Was ist denn um Gottes willen los?»

«Komm rein, Fred», sagte Mrs. Spiers. «Komm rein und mach die Tür zu. Dein Zug ist jetzt Nebensache.»

Grüne Gedanken

Und alles Geschaffene wird zunicht –
Ein grüner Gedanke im gründunklen Licht.
Marvell

Entweder war die Orchidee unter den Habseligkeiten seines Freundes gewesen, der auf einer Expedition eines einsamen und mysteriösen Todes gestorben war. Oder er hatte sie am Schluß einer Auktion zusammen mit anderen «nicht katalogisierten» Restbeständen erworben. Ich habe vergessen, ob es das eine oder andere war, aber eines von beiden war es bestimmt. Ferner hatte diese Orchideenwurzel selbst im trockenen, braunen Zustand des Schlummers etwas Unheimliches an sich. Das struppige Bündel mit seinen seltsamen Auswüchsen gemahnte an eine häßlich verkrümmte, starre und doch zupackende Hand oder auch an ein drohendes Gesicht mit groteskem Bartwuchs. Wäre Ihnen diese Orchidee nicht gleich verdächtig vorgekommen?

Mr. Mannering hegte keinen Verdacht. Seine Lektüre beschränkte sich auf Kataloge und Bücher über Düngemittel. Er packte die Neuerwerbung mit einer Besorgtheit aus, die im zwanzigsten Jahrhundert bei jeder Orchidee – oder auch jeder Primel – recht absurd erscheinen mußte, aber bei einer so ins Haus geschneiten Orchidee von diesem Aussehen schlechthin idiotisch, vermessen und verhängnisvoll war. Und da er ein stumpfsinniges Gewohnheitstier war, pflanzte er sie unverzüglich in seine sogenannte «Beobachtungsabteilung», ein an die Südmauer seines plumpen roten Wohnhauses angebautes Gewächshaus. Hier brachte er stets die interessantesten Zugänge seiner Sammlung unter, besonders aber schwache und kränkliche Pflanzen, denn dieses Gewächshaus konnte er von seinem Arbeitszimmer aus durch eine Glastür beobachten, so daß ihm keine Krise der schwachen und kränklichen Pflanzen, die seine sorgsame Pflege erforderte, verborgen blieb.

Diese Pflanze jedoch erwies sich als recht widerstandsfähig. An den Enden ihrer dicken, sehnigen Stengel sprossen Büschel von dunkel glänzenden Blättern, und bald breitete sie sich nach allen Seiten aus und beanspruchte so viel Platz, daß alle ihre Nachbarn nach und nach verdrängt wurden und in einem anderen Gewächshaus am Ende des Gartens untergebracht werden mußten. Base Jane sagte ganz richtig, daß sie ins Kraut schösse wie eine Hopfenpflanze. Unterhalb der Blattbüschel hatte sie Ranken angesetzt, die ohne ersichtlichen Zweck müßig herabhingen. Mr. Mannering hielt es für sehr wahrscheinlich, daß sie rudimentäre Organe seien, ererbt aus einer Zeit, in der die Orchidee eine Kletterpflanze gewesen sein mußte. Aber konnte eine nicht mehr kletternde Kletterpflanze derart dicke und kräftige rudimentäre Ranken haben?

Nach langer Zeit erschienen zwischen dem üppigen Laub hier und da winzige Knospen, die bald zu armseligen, kleinen Blümchen erblühten, die an Fliegenköpfe erinnerten. Von so einer Pflanze erwartet man natürlich eine große, prunkvolle, unheimliche Blüte wie eine Seeanemone oder einen chinesischen Lampion oder ein gähnendes Nilpferd – oder eben wie eine bedeutende Orchidee; und auch von einer nicht katalogisierten Orchidee könnte man wohl mit gutem Recht verlangen, daß ein überwältigender, leicht widerlicher Duft mitgeliefert wird.

Mr. Mannering nahm an diesen Mängeln keinen Anstoß. Abgesehen von seiner Freude, seinem Glück, Entdecker und Taufpate einer neuen Orchideensorte zu sein, zeigte er nur ein gemäßigtes wissenschaftliches Interesse für die Pflanze, sogar für die große Ähnlichkeit der kümmerlichen Blüten mit Fliegenköpfen. Hatte dieses Aussehen vielleicht den Zweck, die echten Fliegen als Nahrung oder Dünger anzulocken? Aber warum dann Fliegen*köpfe*?

Ein paar Tage später verschwand Base Janes Katze. Das war für die gute Dame ein harter Schlag, doch Mr. Mannering war darüber im Grunde seines Herzens nicht sehr betrübt. Die Katze war ihm ein Dorn im Auge gewesen, denn sobald er in einem Glasdach zwecks Lüftung auch nur einen kleinen Spalt offenließ, quetschte die Kreatur sich durch, um die Treibhauswärme zu genießen, und dabei hatte sie schon so manchen zarten Schößling abgeknickt. Aber die arme Base Jane hatte noch keine zwei Tage lang getrauert, als etwas eintrat, was Mr. Mannering derart beschäftigte, daß er völlig vergaß, an ihrem Kummer Anteil zu nehmen oder sich beim Frühstück mit heuchlerischer Freundlichkeit nach der verlorenen Katze zu erkundigen. Die Orchidee hatte nämlich eine seltsame neue Knospe angesetzt. Es zeigte sich deutlich, daß diese eine Pflanze zwei ganz verschiedene Blütensorten hervorbrachte, wie es manchmal bei phantastischen Abarten der Pflanzenwelt vorkommt, und daß die neue Blüte eine völlig andere Größe und Struktur haben würde als die bisherigen. Sie wuchs und wuchs und erreichte schließlich die Größe einer menschlichen Faust.

Gerade zu dieser Zeit – so ungelegen wie möglich – rief eine Angelegenheit höchst unangenehmer, höchst betrüblicher Natur Mr. Mannering in die Stadt. Es handelte sich um seinen miserablen Neffen, der sich wieder einmal in Schwierigkeiten befand, und zwar diesmal in so großen und schändlichen Schwierigkeiten, daß es aller Großmut und allen Einflusses von Mr. Mannering bedurfte, um den jungen Tunichtgut zu befreien. Tatsächlich teilte er, als ihm die Situation klarwurde, dem verlorenen Sohn mit, daß er von nun an nicht mehr mit seiner Hilfe rechnen könne, daß sein lasterhaftes Leben und seine Undankbarkeit längst jegliche Zuneigung zwischen ihnen ausgelöscht hätten, daß er – Mr. Mannering – die Hoffnung auf Reue oder Besserung bei seinem Neffen aufgegeben habe und nur im Andenken an dessen Mutter bereit sei, ihm zum letztenmal eine helfende Hand zu reichen. Ferner schrieb er, um sein Herz zu erleichtern, einen Brief an Base Jane, in dem er ihr die ganze Geschichte erzählte und hinzufügte, jetzt bleibe ihm weiter nichts übrig, als den jungen Mann restlos zu enterben.

Als er nach Torquay zurückkam, war Base Jane nirgends zu finden. Mr. Mannering war in einer sehr ärgerlichen Lage. Der einzige Dienstbote im Haus war die sehr alte, sehr dumme und stocktaube Köchin, die zudem an einer fixen Idee litt; Mr. Mannering hatte ihr nämlich seit vielen Jahren bei jeder Gelegenheit streng eingeschärft, sie habe stets und unter allen Umständen das Feuer in dem großen Küchenherd auf einer bestimmten Höhe zu halten, weil dieser Herd das heiße Wasser nicht nur für das Haus, sondern auch für die Heizröhren der «Beobachtungsabteilung» lieferte, die der täglich kommende Gärtner, der die anderen Gewächshäuser versorgte, nicht betreten durfte. Mit der Zeit waren ihre Heizerpflichten für sie zum Hauptdaseinszweck geworden, und so brachte sie in ihrer Borniertheit fast jede Frage, die an ihre tauben Ohren drang – besonders wenn Mr. Mannering sie stellte –, irgendwie mit ihrem Herd in Zusammenhang. Er kriegte nicht mehr aus ihr heraus, als was sie ihm freiwillig bei der Begrüßung mitgeteilt hatte: Miss Jane sei fortgegangen, ohne ein Wort zu sagen, und sie habe sie seit drei Tagen nicht gesehen. Mr. Mannering war bestürzt und verärgert, aber da er ein systematischer Mann war, beschloß er, weitere Erkundigungen auf später zu verschieben, wenn er sich nach seiner langen, ermüdenden Reise ein wenig erfrischt hatte. Aus der alten Köchin eine Auskunft herauszuholen, erforderte seine ganze Energie, und außerdem würde er wahrscheinlich irgendwo eine Nachricht von Base Jane finden. Es war nur natürlich, daß Mr. Mannering, bevor er in sein Zimmer ging, einen Blick ins Gewächshaus warf, nur um sich zu vergewissern, daß die wundervolle Orchidee während Base Janes rücksichtsloser Abwesenheit nicht zu Schaden gekommen war. Als er die Tür öffnete, galt sein erster Blick der neuen Knospe; ihre Form hatte sich beträchtlich verändert, sie hatte nun die Größe eines menschlichen Kopfes. Mr. Mannering stand – ohne Übertreibung! – volle fünf Minuten wie angewurzelt da und starrte die wunderbare Knospe an.

Aber, wird man fragen, sah er denn nicht ihre Kleider am Boden liegen? Nun, das ist ein heikler Punkt, denn um bei der Wahrheit zu bleiben: es lagen keine Kleider am Boden. Selbstverständlich war Base Jane eine in jeder Hinsicht achtbare Frau und zudem weit über vierzig, aber sie war eine Anhängerin der modernen Bewegung für gleichzeitige Seelen- und Körperkultur – schwedisch, deutsch, neugriechisch und so fort –, und zur Verwirklichung dieser Ideen eignete das warme Orchideenhaus sich am besten. Aber ich muß in der chronologischen Folge der Ereignisse fortfahren.

Mr. Mannering riß sich schließlich von der erstaunlichen Knospe los und beschloß, seine Aufmerksamkeit den Erfordernissen des grauen Alltags zuzuwenden. Doch während sein Körper der Pflicht gehorchte und die Treppe hinaufstieg, weilten Herz, Geist und Seele noch immer anbetend vor der wunderbaren Pflanze. Obgleich die jämmerlich kleinen früheren Blüten ihn gleichgültig, ja, kalt gelassen hatten, empfand er jetzt über die Größe der neuen Knospe ebensoviel Befriedigung, wie Sie und ich empfunden hätten. Daher war es nicht unnatürlich, daß Mr. Mannering sich während seines Bades begeistert das Erblühen seines geliebten pflanzlichen Patenkindes ausmalte. Diese Blüte – bestimmt die größte, die es je gegeben hatte – würde so komplex sein wie ein Traum, oder auch von verblüffender Einfachheit. Sie würde sich entfalten wie eine Tänzerin oder aufgehen wie die Morgensonne. Wer weiß, vielleicht öffnete sie sich gerade in diesem Augenblick! Mr. Mannering konnte sich nicht länger beherrschen; er stieg aus dem dampfenden Wasser, warf den Bademantel um und eilte – trotz seiner Neigung zu Erkältungen –, kaum abgetrocknet, hinunter zum Gewächshaus.

Die Knospe war noch nicht aufgegangen; noch unentfaltet stand sie aufrecht zwischen den glänzenden fleischigen Blättern, und jetzt sah er – wofür er vorhin keine Augen gehabt hatte –, wie ungemein üppig dieses Laub geworden war. Plötzlich wurde ihm mit Erstaunen klar, daß diese riesige Knospe nicht diejenige war, die er vor seiner Abreise gesehen hatte. Diese hatte weiter unten an der Pflanze gesessen. Wo war sie geblieben? Ach so, die neu gewachsene Laubfülle verbarg sie. Er ging um die Pflanze herum, und da war sie. Sie hatte sich zur Blüte erschlossen, und während er sie betrachtete, wurde sein Erstaunen zur Bestürzung, man könnte sagen, zur Versteinerung, denn Mr. Mannering stand tatsächlich volle fünfzehn Minuten wie angewurzelt da und starrte diese Blume an. Sie war ein getreues Abbild des Kopfes von Base Janes verlorener Katze, so täuschend ähnlich und naturgetreu, daß Mr. Mannering nach Ablauf der fünfzehn Minuten als erstes nach dem Bademantel griff und ihn um sich zog, denn er war ein gesitteter Mann, und die Katze war zwar als Kater gekauft worden, hatte sich aber später als das Gegenteil entpuppt. Ich erwähne das nur, um zu zeigen, wieviel Charakter, Geist und Gegenwärtigkeit – man nenne es, wie man will – in dem Gesicht dieser Blumenkatze lag. Aber der Griff nach dem Bademantel kam zu spät. Er konnte sich nicht rühren. Das neue, üppige Laub hatte sich unbemerkt um ihn geschlossen; die leichtfertig mißachteten Ranken wanden sich um seinen Körper; mit ein paar schwachen Schreien sank er zu Boden, und damit hat er in dieser Geschichte seine Rolle als normaler Mr. Mannering ausgespielt.

Mr. Mannering versank in Bewußtlosigkeit, in eine so tiefe Betäubung, daß eine schwarze Ewigkeit verging, bevor sich in seinem Gehirn die ersten schwachen Elemente seines Bewußtseins wieder zusammenschlossen. Denn sein Gehirn war der Kern einer entstehenden neuen Knospe. Tatsächlich war dieser zunächst fast hoffnungslos primitive Klumpen organischer Materie erst nach zwei bis drei Tagen so weit herangereift, daß er den Namen Mr. Mannering verdiente. Diese Tage, die in der Außenwelt in nicht unangenehmer, mäßiger Aufregung schnell genug vergingen, erschienen dem schwerfällig arbeitenden Geist im Innern der Knospe als ein Resümee der epochemachenden Abschnitte der Entwicklungsgeschichte der Menschheit.

Dieser Prozeß vollzog sich analog den Mutationen des Embryos. Das Wesen wurde in absurd verkürzter Perspektive durch die Zeitalter gejagt, dann verlangsamte es sein Tempo und kam schließlich in der Gegenwart fast zum Stillstand. Nun war es zu erkennen. Die sieben Lebensalter des Mr. Mannering wurden sozusagen mit dem Zeitraffer dargestellt wie in einem Kulturfilm; sein Bewußtsein ordnete und klärte sich. Die Knospe war reif, bereit, sich zu öffnen. An diesem Punkt muß Mr. Mannerings Geisteszustand genau dem eines Patienten geglichen haben, der sich aus verschwommenen Narkoseträumen hochkämpft und klagend fragt: «Wo bin ich?» Dann ging die Knospe auf, und er wußte alles.

Da war das Gewächshaus, aber in einer ungewohnten Perspektive gesehen. Dort, hinter der Glastür, war sein Arbeitszimmer. Dort unter ihm war der Katzenkopf, und da – da neben ihm war Base Jane. Er konnte kein Wort sagen, aber sie schließlich auch nicht, und das war vielleicht ganz gut. Sonst hätte er zumindest zugeben müssen, daß sie in ihrem alten Streit recht behalten hatte: sie hatte sich nie davon abbringen lassen, daß seine Vorliebe für «diese unnatürlichen Blumen» letzten Endes zu nichts Gutem führen werde.

Es ist zuzugeben, daß Mr. Mannering sich anfangs über diese außerordentliche Umwälzung seines täglichen Lebens nicht besonders aufregte. Das lag vermutlich daran, daß ihn an seiner Metamorphose nicht nur die private, persönliche Seite, sondern auch der weitere, allgemeinere, man könnte sagen, der biologische Aspekt interessierte. Im übrigen reagierte er pflanzlich, einfach weil er jetzt eine Pflanze *war*. So bekümmerte ihn beispielsweise die Unmöglichkeit der Fortbewegung nicht im geringsten, nicht einmal das Fehlen von Rumpf und Gliedmaßen, auch nicht das Versiegen der Zufuhr von gebratenem Speck und Tee, Keksen und Milch, Koteletts und so weiter, an die er seit über fünfzig Jahren gewöhnt war und an deren Stelle jetzt die kaum spürbare, sanfte, kontinuierliche Ernährung von unten her trat. Daher versetzte der ganze gewaltige Einfluß des Physischen auf das Geistige ihn in gelassene Stimmung. Und doch ist das Physische nicht alles. Zwar war er kein Mensch mehr, doch er war noch Mr. Mannering, eine Anomalie, die zu einer Unmenge hauptsächlich subjektiv begründeter Kümmernisse führte, sobald sein wissenschaftliches Interesse nachließ.

Zum Beispiel wurmte ihn der Gedanke, daß er nun keine Gelegenheit haben würde, seiner Orchidee einen Namen zu geben oder eine Abhandlung über sie zu schreiben; schlimmer noch: er kam zu der gräßlichen Gewißheit, daß er, hatte man seine hoffnungslose Lage erst entdeckt, selbst benannt und eingeordnet, zum Gegenstand einer Abhandlung, womöglich sogar von Kommentaren und Kritiken in der Laienpresse werden würde. Wie alle Orchideensammler war er überaus scheu und sensibel, und natürlich verstärkte die gegenwärtige Situation diese Eigenschaften, so daß schon der Gedanke an die öffentliche Aufmerksamkeit ihn an den Rand des Welkens brachte. Noch quälender war die Angst, daß man ihn verpflanzen, an einen unbekannten, zugigen, wahrscheinlich öffentlichen Platz verbannen könnte. Wenn sie ihn ausgruben! Die üppigen Blätter in Mr. Mannerings Umgebung erbebten in heftigem Schauder. Fremdartige, gespenstische Empfindungen in dem Stamm unter ihm und in den daran wachsenden Laubbüscheln, die irgendwie an Rückgrat, Herz und Gliedmaßen erinnerten, drangen in sein Bewußtsein. Er fühlte sich ganz als Dryade.

Trotz alledem war der Sonnenschein sehr angenehm. Das Gewächshaus war von dem kräftigen Aroma der heißen, würzigen Erde erfüllt. Eine Spezialvorrichtung an den Heißwasserrohren versprühte dünne Dampfstrahlen. Mr. Mannering wollte sich gerade dem Gefühl des *laisser-aller* überlassen, als er aus der Ecke des Glasdaches, wo der Ventilator angebracht war, ein beharrliches, gereiztes Summen hörte, das nach einer Weile einen zufriedeneren Ton annahm: eine Biene hatte nach einigen Schwierigkeiten den Weg durch eine winzige Spalte des Metallrahmens gefunden. Sie kreiste immer tiefer in der stillen grünen Luft, als versänke sie in einer Unterwasserwelt, und ließ sich schließlich auf einem der Blütenblätter nieder, die Mr. Mannerings Augenbrauen waren. Von diesem Stützpunkt aus erforschte sie einen Gesichtszug nach dem anderen, und schließlich ließ sie sich schwer auf die Unterlippe fallen, die sich unter ihrem Gewicht senkte und ihr erlaubte, geradeswegs in Mr. Mannerings Mund zu krabbeln. Das war natürlich ein erheblicher Schock, aber im großen und ganzen war das Gefühl weder so beunruhigend noch so unangenehm, wie man hätte erwarten können. «Eigentlich fühlt es sich ganz angenehm an», dachte der blumige Herr.

Aber bald ließ Mr. Mannering von der schläfrigen Analysierung seiner Gefühle ab, denn er sah, daß die Biene, nachdem sie seinen Mund verlassen und ein paar träge Kreisflüge vollführt hatte, sich auf Base Janes jungfräuliche Lippe setzte. unheilschwanger wie der Blitz durchfuhr ein einfaches botanisches Prinzip den Geist ihres unglücklichen Anverwandten. Auch Base Jane schien sich dessen bewußt zu sein. Vielleicht hätte sie, ein Erziehungsprodukt einer vergangenen Zeit, noch in seliger Ahnungslosigkeit geschlummert, hätte ihr Vetter – dieser eitle, geschwätzige Proselytenmacher! – sich nicht seit Jahren bemüht, ihr Interesse für die Anfangsgründe der Botanik zu wecken. Der Unselige – welche Vorwürfe machte er sich jetzt! Er sah, wie zwei unter der Blüte sitzende Laubbüschel sich mühselig zitternd und flatternd aufrichteten, was ihnen das Aussehen von zwei entsetzt protestierenden Händen verlieh. Er sah, wie die wohlgeordneten, weichen Blütenblätter im Gesicht seiner Base vor Zorn und Verlegenheit rot und knitterig wurden und dann vor Kummer und Grauen wie eine Gardenie erbleichten. Aber was sollte er tun? Unter der gelähmten Ruhe seines Äußeren brodelte die ihm durch eine sorgfältige Erziehung eingeimpfte Korrektheit, die einem Orchideensammler geziemende Ritterlichkeit. Er schwitzte geradezu vor Anstrengung, seine Gesichtsmuskeln in Bewegung zu setzen, einen passenden Ausdruck anzunehmen – Schmerz und männliche Zerknirschung, Hilflosigkeit vor dem grausamen Schicksal, die Bereitschaft zu ehrenhafter Genugtuung, und das alles durchtränkt von einem vage, aber tröstlich optimistischen Licht –, aber vergebens. Trotz aller Anspannung, unter der seine Nerven zu reißen drohten, brachte er nur ein nichtssagendes Flattern des linken Augenlides zustande – weniger als nichts.

Dieser Vorfall riß Mr. Mannering gründlich aus seiner pflanzlichen Lethargie. Er rebellierte gegen die Grenzen dieser Form, in die er jetzt gegossen war, ohne daß er seine allzu menschliche Persönlichkeit verloren hätte. War er nicht im Grunde noch immer ein Mensch mit menschlichen Hoffnungen, Idealen und Bestrebungen – und mit der Fähigkeit, zu leiden?

Es wurde dämmerig, und die üppigen, unheimlichen Formen der großen Pflanze in ihrer verschwommenen Vieldeutigkeit wirkten nun noch gewaltiger und eindrucksvoller als im hellen Mittagslicht; die Atmosphäre eines tropischen Urwaldes erfüllte das Orchideenhaus wie der Traum eines Verbannten oder die Schwermut des Saxophons; die Katze ließ die Schnurrhaare hängen, und selbst Base Janes Augen fielen langsam zu. Aber der unglückliche Mann starrte noch immer hellwach in die zunehmende Dunkelheit. Plötzlich wurde es im Arbeitszimmer hell, und zwei Männer traten ein: Mannerings Rechtsanwalt und sein Neffe.

«Das ist sein Arbeitszimmer, aber das wissen Sie natürlich», sagte der verruchte Neffe. «Hier ist nichts. Ich habe nachgesehen, als ich am Mittwoch hier war.»

«In diesem Zimmer habe ich so manchen Abend gesessen», sagte der Rechtsanwalt mit angewiderter Miene. «Ich pflegte an dieser Seite des Kamins zu sitzen, und er an der anderen. ‹Was wird es mit dir für ein Ende nehmen, Mannering?› habe ich oft gedacht. ‹Rauschgift? Sexuelle Verirrungen? Oder gar Mord?› Nun, vielleicht werden wir die Antwort bald wissen. Bis dahin, meine ich, sollten Sie als nächster Verwandter hier die Aufsicht übernehmen.»

Mit diesen Worten wandte der Anwalt sich zum Gehen, und Mr. Mannering sah, wie sich auf dem Gesicht des jungen Mannes ein maliziöses Lächeln verbreitete. Das Mißbehagen, das ihn beim Anblick seines Neffen überkommen hatte, verstärkte sich angesichts dieses Lächelns zu bebender Furcht.

Nachdem der Neffe den Anwalt hinausbegleitet hatte, kehrte er ins Arbeitszimmer zurück, blickte sich mit lebhafter, boshafter Befriedigung um und vollführte auf dem Kaminvorleger einen Freudensprung. Mr.

Mannering glaubte noch nie etwas so Teuflisches gesehen zu haben wie diesen einsamen Ausbruch der Schadenfreude einer gehässigen Natur bei der Aussicht auf unumschränkte Herrschaft in einem Haus, aus dem er verstoßen gewesen war. Welch ein gemeiner, kleinlicher Triumph verriet sich da! Welche widerwärtige, kleinliche Bosheit, welche erschreckende Rachsucht und Herzlosigkeit! Es fiel ihm plötzlich ein, daß sein Neffe als Kind – schon damals ein abstoßendes Geschöpf – für seine Grausamkeit gegen Fliegen, denen er die Flügel ausriß, und seine barbarische Roheit gegen Katzen bekannt gewesen war. Ein aufmerksamer Beobachter hätte auf der Stirn des guten Mannes so etwas wie Tau bemerkt. Er hatte das Gefühl, sein Neffe brauchte nur einen Blick in diese Richtung zu werfen, um alles zu entdecken, obwohl er sich hätte daran erinnern können, daß man von dem beleuchteten Zimmer aus in dem dunklen Gewächshaus nichts erkennen konnte.

Auf dem Kaminsims stand eine ungerahmte, große Fotografie von Mr. Mannering. Der Neffe hatte sie bald entdeckt, ging hinüber und blieb mit triumphierender, unverschämt höhnischer Miene davor stehen. «Na, du alter Pharisäer?» sagte er. «Hast sie wohl für einen Ausflug nach Brighton verschleppt, was? Mein Gott! Hoffentlich kommst du nie wieder! Hoffentlich bist du von den Klippen abgestürzt oder von der Flut weggeschwemmt oder so etwas! Wie auch immer – ich werde das Eisen schmieden, solange es heiß ist. Puh! Du alter Geizkragen du!» Und er streckte die Hand aus und versetzte der Fotografie einen verächtlichen Nasenstüber. Dann ging der anmaßende Schuft aus dem Zimmer – natürlich ließ er das Licht brennen –, vermutlich weil er das Speisezimmer mit seiner Hausbar dem nüchternen Gelehrtenzimmer vorzog.

Die ganze Nacht hindurch fiel der grelle Lichtschein aus dem Arbeitszimmer wie billiges künstliches Sonnenlicht auf Mr. Mannering und seine Base Jane. Wer je um Mitternacht unter dem Bogenlicht eines Parks ein paar schlaflose Astern gesehen hat – steif und erschrocken, die zarten Farben von den alles durchtränkenden chemischen Strahlen ausgebleicht, nicht schlafend und nicht wachend, sondern in einem angespannten neurasthenischen Trancezustand erstarrt –, der kann sich eine Vorstellung davon machen, was für eine Nacht das unglückliche Paar verbrachte.

Gegen Morgen geschah etwas an sich völlig Belangloses, aber unter diesen Umständen genügte es, um der verstörten Base und ihrem von peinlichen Gewissensbissen zermürbten Verwandten den Rest zu geben. An der großen Erdkiste, in welche die Orchidee gepflanzt war, lief eine kleine schwarze Maus entlang. Sie hatte böse rote Augen, eine üble nackte Schnauze und merkwürdig große, abstoßende Fledermausohren. Diese Kreatur lief geradewegs über die Blätter unterhalb von Base Jane. Es war wirklich grauenhaft. Der sehnige Hauptstamm krümmte sich wie ein Haar im Kohlenfeuer, die Blätter zogen sich in qualvollem Krampf zusammen wie versengte Mimosen; um ein Haar hätte die entsetzte Dame sich vor lauter Grauen selbst entwurzelt. Ja, sie hätte es wohl tatsächlich getan, wäre die Maus nicht an ihr vorüber weitergehuscht.

Aber sie war keinen halben Meter weit gekommen, als sie aufblickend über sich jene Blume gewahrte, die einmal Tib geheißen hatte und jetzt geradezu vor Leben zu sprühen schien. Eine atemlose Pause folgte. Die Maus war offensichtlich vor Schreck gelähmt, die Katze konnte nichts weiter tun, als sie ansehen und begehren. Plötzlich sahen die menschlicheren Beobachter einen belaubten Zweig sich leise und verstohlen vorwölben und sich von hinten her um das hypnotisierte Geschöpf schließen. Base Jane, die noch eben frohlockend gedacht hatte: «So, jetzt wird sie verschwinden und nie, nie, nie wiederkommen», sah plötzlich sehr häßliche Möglichkeiten voraus. Unter Aufbietung aller Kräfte brachte sie ein krampfhaftes Geflatter zustande, das die Maus aus ihrem Trancezustand aufschreckte; sie drehte sich wie ein aufgezogenes Spielzeug um sich selbst und wollte fliehen. Doch schon hatte der grausame Arm der Orchidee ihr den Rückzug abgeschnitten, und sie sprang direkt hinein. Blitzschnell wurde die Flüchtige von fünf Ranken gepackt und festgehalten, ihr Körper schrumpfte zusammen und war binnen kurzem verschwunden. Nun erbebte Base Janes Herz in neuen furchtbaren Ängsten; langsam und mühevoll drehte sie das müde Gesicht hin und her in fieberhafter Angst vor der neuen Knospe, die jeden Augenblick irgendwo sprießen mußte. Und wirklich: ein grüner, saftstrotzender Saugrüssel mit stumpfem Kopf, nicht unähnlich einer Spargelspitze, der sich dicht neben ihrem Gesicht um den Hauptstamm wand, begann mit einemmal höchst verdächtig anzuschwellen. Fasziniert und entsetzt starrte sie ihn aus eingekniffenen Augen an. War es vielleicht nur ihre Einbildung? Nein, es war Wirklichkeit.

Am nächsten Abend ging die Tür des Arbeitszimmers wieder auf, und der Neffe trat ein, diesmal allein. Er schien gerade vom Tisch aufgestanden zu sein und brachte eine Whiskykaraffe mit, über die ein Glas gestülpt war. Unter dem Arm hatte er einen Siphon. Sein Gesicht war deutlich gerötet, und um seine Lippen spielte ein Lächeln, wie man es häufig bei Barbesuchern sieht. Er setzte seine Last ab, wandte sich zu Mr. Mannerings Zigarrenschränkchen und probierte die Schlüssel eines Schlüsselbundes aus, das er aus der Tasche gezogen hatte; bei jedem vergeblichen Versuch murmelte er rachsüchtig vor sich hin, bis er das Schränkchen schließlich aufbrachte und sich eine von den besten Zigarren nahm. Für den guten Mr. Mannering war es schon ärgerlich genug, diese freche Usurpierung seines Eigentums mitansehen zu müssen, und es war zweifellos kränkend, mit welcher Nichtachtung seine gute Zigarre geraucht wurde; noch viel beunruhigender jedoch war der Gedanke, daß der abscheuliche Neffe, da er nun im Besitz der Schlüssel war, Zugang zu den privatesten Winkeln seines Hauses hatte.

Im Augenblick schien der Usurpator jedoch nicht geneigt, weitere

Untersuchungen anzustellen; er goß sich einen tüchtigen Schuß Whisky ein und saß eine Weile entspannt und äußerst behaglich da. Dann aber wurde er offenbar seiner eigenen Gesellschaft müde. Er war noch nicht dazu gekommen, einige der Zechkumpane ins Haus seines Onkels einzuladen, und jeder neue Griff nach der Whiskyflasche erhöhte nur noch sein Verlangen nach Abwechslung. Sein Blick fiel auf die Tür zum Orchideenhaus. Früher oder später hatte es so kommen müssen – aber ist das ein großer Trost für den Verurteilten, wenn er das todverkündende Klopfen an seiner Zellentür hört? Nein, und ebensowenig vermochte diese Überlegung die beiden zitternden Herzen im Gewächshaus zu trösten.

Während der Neffe sich an der Glastür zu schaffen machte, hob Base Jane langsam zwei zu ihren beiden Seiten wachsende belaubte Zweige, um ihr kummervolles Haupt dahinter zu verstecken. Mr. Mannering beobachtete, plötzlich von neuer Hoffnung geschwellt, daß dieser Kunstgriff sie tatsächlich recht gut vor unerwünschten Blicken schützte. Hastig schickte er sich an, ihrem Beispiel zu folgen. Unglücklicherweise beherrschte er seine – seine *Gliedmaßen*? – noch nicht genügend, so daß er trotz aller qualvollen Anstrengung nicht über die Horizontale hinauskam. Inzwischen hatte die Tür sich geöffnet, und der Neffe suchte neben dem Türpfosten nach dem Lichtschalter. In solchen Augenblicken panischer Angst ist der Mensch zu Höchstleistungen fähig. Mr. Mannering war dafür gerüstet. Mit unbeschreiblicher Anstrengung gelang es ihm, den Zweig zu seiner Rechten, wenn auch nicht direkt hochzuheben, so doch mühsam ruckweise im Bogen nach außen und hinten zu führen und dann ganz allmählich wieder zu senken, bis er sich in der Lage eines von hinten über den Kopf seines Besitzers gewölbten Armes befand. Als es dann hell wurde, entfalteten sich die Blätter am Ende dieses Zweiges zu einem Fächer – etwa wie ein sehr fleischiges Kastanienblatt –, der sein ängstliches Gesicht verdeckte. Welche Erleichterung! Während der Neffe näher kam, fiel den beiden Versteckten gleichzeitig die verhängnisvolle Anwesenheit der Katze ein. Ebenso gleichzeitig stockte ihnen der Saft in den Adern. Der Neffe schritt an der Pflanze vorüber. Die Katze, ein scharfsinniges Biest, «wußte» mit der unfehlbaren Intuition ihrer Art, daß dieser Mann ein Nichtstuer, ein Schmarotzer, ein Lüstling war, grob und brutal, respektlos gegen das Alter, unverschämt gegen Schwächere und grausam zu Katzen. Sie verhielt sich also ganz still im Vertrauen auf ihren tief und etwas verdeckt liegenden Platz an der Pflanze, auf den Schutz der Mimikri oder dergleichen und auf den angetrunkenen Zustand des Neffen. Aber vergeblich.

«Nanu?» sagte der Neffe. «Was sehe ich, eine Katze!» Er hob die Hand, um das harmlose Geschöpf zu schlagen. Aber irgend etwas von der unbeirrbar würdevollen Haltung seines Opfers mußte bis in sein umnebeltes Gehirn gedrungen sein: der Schlag fiel nicht, und der Grobian – der wie alle Grobiane im Grunde ein Feigling war – wandte den Blick bald hierhin, bald dorthin, um den verächtlich starrenden Augen der mutigen Katze auszuweichen. Aber ach! Dabei bemerkte er hinter dem dunklen Laub einen weißen Schimmer. Er bog die störenden Blätter beiseite und sah Base Jane.

«Oh! Ah!» sagte der junge Mann in höchster Verwirrung. «*Du* bist also wieder da! Aber warum versteckst du dich hier?»

Sein blöde glotzender Blick erstarrte, sein Mund öffnete sich vor Verblüffung, und dann dämmerte ihm die wirkliche Lage der Dinge. Fast jeder hätte nun schleunigst versucht, sich irgendwie mit dem armen Opfer in Verbindung zu setzen oder ihm auf irgendeine Art zu helfen; zumindest hätte er seinem Schöpfer auf den Knien dafür gedankt, daß ihm dank Seiner Gnade ein solches Los erspart geblieben war, oder vielleicht wäre er auch Hals über Kopf aus dem Orchideenhaus geflohen, um nicht von dem gleichen Unglück ereilt zu werden. Aber dieser gefühllose junge Mann war vom Alkohol derart erhitzt, daß er weder Furcht oder Scheu noch Dankbarkeit empfand. Als er die Situation begriff, verbreitete sich ein teuflisches Lächeln über sein Gesicht.

«Hahaha!» lachte er. «Aber wo ist der Alte?»

Er durchsuchte die Pflanze eifrig nach seinem Onkel und machte ihn schnell ausfindig. Als er den mangelhaften Blätterschutz hochhob, entdeckte er darunter das Gesicht unseres von hundert bitteren Gefühlen durchtobten Helden.

«Hallo, Narziß!» sagte der Neffe.

Ein langes Schweigen folgte. Der boshafte Schuft war so erfreut, daß es ihm die Sprache verschlug. Er rieb sich die Hände, leckte sich die Lippen und glotzte und glotzte wie ein Kind vor einem neuen Spielzeug.

«Na, jetzt sitzt du aber richtig in der Tinte», sagte er schließlich. «Jaja, das Blättchen hat sich gewendet, nicht wahr? Erinnerst du dich noch an unsere letzte Begegnung?»

Ein Flackern von Gemütsbewegung ging Bewußtsein verratend über das Gesicht der leidenden Blüte.

«Ja, du verstehst schon, was ich sage», fuhr der Peiniger fort. «Fühlen kannst du auch, nehme ich an. Na, wie ist das?»

Er streckte die Hand aus, griff nach einer zarten Rüsche aus feinen silbrigen Staubfäden, die als Barthaare die untere Hälfte der Blüte umgaben, und zog heftig daran. Ohne etwa im Interesse der Wissenschaft die feineren Nuancen der Reaktion seines Onkels festzustellen, befriedigt von dessen allgemeinem angestrengtem Zurückzucken, lachte der Elende in sich hinein. Er zog kräftig an dem stinkenden Stummel der gestohlenen Zigarre und paffte seinem Opfer den ekelhaften Rauch mitten ins Gesicht. Dieser Rohling!

«Na, Johannes der Täufer, wie gefällt dir das?» fragte er höhnisch lachend. «Gut gegen Läuse, weißt du. Genau das, was du brauchst.»

Etwas raschelte auf seinem Jackettärmel. Als er hinsah, bemerkte er einen langen, mit den verhängnisvollen Ranken ausgerüsteten Stengel, der sich auf dem unbefriedigend dürren Gelände vortastete. Im nächsten Augenblick hatte er sein Handgelenk erreicht und umklammerte es, aber der junge Mann schleuderte ihn ab wie einen Blutegel, bevor er sich festsetzen konnte.

«Puh!» sagte er. «So wird das also gemacht? Ich glaube, ich werde lieber draußen bleiben, bis ich ein bißchen mehr herausbekommen habe. Ich habe keine Lust, mich hier festnageln zu lassen. Allerdings glaube ich kaum, daß sie einen kriegen, wenn man angezogen ist.» Ein plötzlicher Gedanke veranlaßte ihn, von seinem Onkel zu Base Jane zu blicken und dann wieder von Base Jane zu seinem Onkel. Er musterte den Fußboden und sah in einer dunklen Ecke einen verkrumpelten Bademantel liegen.

«Donnerwetter!» sagte er. «*Na, also!* – Ha! Ha! Ha!» Und mit einem widerwärtig höhnischen Rückblick verließ er das Orchideenhaus.

Mr. Mannering hatte das Gefühl, daß keine Steigerung seiner Leiden möglich sei. Dennoch fürchtete er sich vor dem nächsten Tag. Die ganze lange, schlaflose Nacht hindurch peinigte ihn seine fiebrige Phantasie mit wachen Albträumen und den phantastischsten Visionen von Demütigung und Quälerei. Ja, Quälerei! Natürlich war es absurd, von seiten seines Neffen kaltblütige Greueltaten zu fürchten, aber wie sehr ängstigte er sich davor, daß der humorvolle junge Mann irgendeiner schändlichen Laune, einer mutwilligen Grille nachgeben könnte, in der er zu *allem* fähig war, besonders wenn er getrunken hatte. Was gab es da nicht alles: Schnecken und anderes Ungeziefer, Spaliere und Gartenscheren! Wenn das Scheusal sich nur damit zufriedengeben würde, ihn mit seinen Späßen zu beleidigen, sein Vermögen zu vergeuden, sein zärtlich gehütetes Eigentum vor seinen Augen zu ruinieren, ja, sogar ihn gelegentlich an den Barthaaren zu ziehen! Dann wäre es vielleicht möglich, alles Menschliche in sich allmählich abzulegen, seine Leidenschaften zu bezwingen, weder zu bewundern noch zu begehren, gleichsam naturhaft zu werden, im Nirwana eines Pflanzentraumes zu versinken. Aber das war, wie er am nächsten Morgen feststellte, nicht so leicht.

Der Neffe trat ins Arbeitszimmer, und nachdem er seine Verwandten im Gewächshaus nur mit ein paar flüchtigen spöttischen Bemerkungen bedacht hatte, setzte er sich an den Schreibtisch und schloß die obere Schublade auf. Sein gieriger Eifer verriet, daß er auf der Suche nach Geld war; zweifellos hatte er alles, was er aus den Taschen seines Onkels geklaut hatte, bereits durchgesehen, und einen Plan, um an das Bankkonto seines Onkels heranzukommen, hatte er noch nicht ausgearbeitet. In der Schublade fand sich jedoch so viel, daß der Schurke sich befriedigt die Hände rieb, die Wirtschafterin hereinrief und ihr eine leichtsinnige Bestellung für den Wein- und Schnapslieferanten ins Ohr brüllte.

«Und jetzt raus mit Ihnen!» schrie er, als er sich endlich verständlich gemacht hatte. «Ich werde mir bißchen war Fixeres zu meiner Bedienung besorgen müssen, das kann ich Ihnen sagen. Ja», setzte er für sich hinzu, während die arme alte Frau, durch sein herrisches Benehmen tief verletzt, hinaushumpelte. «Ja, ein niedliches, kleines Stubenmädchen.»

Er suchte im Telefonbuch die Nummer des örtlichen Arbeitsamtes auf, und nachmittags stellte sich im Arbeitszimmer seines Onkels eine Reihe von Dienstmädchen vor. Die häßlichen oder zu offensichtlich anständigen fertigte er kurz und kalt ab, und sie machten bald anderen Platz. Nur bei reizvollen Mädchen (reizvoll nach seinem verderbten Geschmack), die außerdem ein leichtfertiges oder freches Auftreten hatten, ließ er sich überhaupt auf eine längere Unterhaltung ein. In solchen Fällen beendete der Neffe die Unterredung auf eine Weise, die bei den jungen Damen keine Zweifel hinsichtlich seiner wirklichen Absichten aufkommen ließ. Er beugte sich beispielsweise vor, faßte das Mädchen unters Kinn und sagte widerlich schmunzelnd: «Ich lebe ganz allein und würde Sie ganz wie jemand von der Familie behandeln, verstehen Sie, mein Kind?» Einer anderen legte er den Arm um die Taille und sagte: «Glauben Sie, daß wir gut miteinander auskommen werden?»

Nachdem zwei oder drei Mädchen sich ob dieses Benehmens verwirrt entfernt hatten, trat eine junge Person übelster Sorte ein; von welcher Art sie war, verrieten nicht nur ihre nuttige Aufgeputztheit, ihr grobgeschminktes Gesicht und ihr gefärbtes Haar, sondern noch deutlicher ihre gezierten Bewegungen und ihr allzu gefälliges Lächeln. Der Neffe verlor keine Zeit, sondern wurde schnell mit ihr handelseinig. Ihre wahre Natur war so offensichtlich, daß der verkommene junge Mann die Besprechung nur als Farce, als eine Art Würze seiner Vorfreuden, betrachtete und den Gegensatz zwischen der konventionellen Unterhaltung und der zügellosen Sprache der Augen sichtlich genoß. Sie sollte am nächsten Tag ihre Stellung antreten. Mr. Mannering fürchtete mehr für seine unglückliche Base als für sich. «Was für Szenen wird sie mitansehen müssen», dachte er. «Ihre gelben Wangen werden vor Scham erröten!» Hätte er nur ein paar Worte sagen können!

Aber als der Neffe sich's an diesem Abend im Arbeitszimmer bequem machte, stand er offensichtlich mehr denn je unter dem Einfluß des Schnapses. Sein Gesicht, von der Einwirkung des Alkohols rot gefleckt, zeigte ein mürrisch-höhnisches Grinsen, seine trüben Augen glühten unheilverkündend, und er murmelte wütend vor sich hin. Es war deutlich, daß man es bei diesem Teufel in Menschengestalt mit einem «streitsüchtigen Betrunkenen» zu tun hatte; irgendeine Lappalie mußte seine gemeine Wut entfacht haben.

Es ist interessant, daß in Mr. Mannerings Reaktionen – selbst in diesem Stadium – ein plötzlicher Wandel zu beobachten war. Sie erschienen jetzt absolut egoistisch und wurden nur durch direkte physische Reize ausgelöst. Der betrunkene Neffe trat in seiner Wut ein Loch in einen Wandschirm, er warf einen brennenden Zigarrenstummel auf den Teppich, er benutzte die polierte Tischplatte als Reibfläche für Streichhölzer. Dies alles sah sein Onkel mit der Gelassenheit eines Menschen an, dessen Gefühl für Besitz und Würde betäubt und gelähmt ist; er empfand weder Zorn noch Kränkung. War er mit einem dieser Sprünge, die für solche Entwicklungen charakteristisch sind, seinem Ziel, der vollkommenen Verpflanzlichung, plötzlich sehr viel nähergerückt? Seine Sorge um Base Janes bedrohte Sittsamkeit, die ihn noch vor wenigen Stunden so heftig bewegt hatte, mußte das letzte Aufflackern eines absterbenden Altruismus gewesen sein; dieses menschlichste aller Merkmale war von ihm gewichen. Dieses Stadium von Mr. Mannerings Verwandlung erwies sich jedoch nicht als ungetrübter Segen. Während die umfassenderen und ausgesprochener menschlichen Bezirke seines Seins sich immer mehr verengten, schob sein Bewußtsein nicht nur Stolz und Altruismus, die ihm so manches Leid verursacht hatten, an die Peripherie, sondern auch Seelenstärke und Objektivität, die ihn, unter Berufung auf griechische Zitate, gegen eine ganze Batterie von Mißhelligkeiten gestützt hatten. Ferner war sein Ich innerhalb dieses verengten Kreises nicht reduziert, sondern konzentriert; seiner heiteren, blumenhaften Gleichgültigkeit gegen den Mißbrauch seines Mobiliars stand das ausschließliche, blumenhaft konzentrierte Entsetzen beim Gedanken an einen ähnlichen Mißbrauch seiner eigenen Person gegenüber.

Der Neffe im Arbeitszimmer rauchte und fluchte noch immer. Auf dem Kaminsims lehnte ein Briefumschlag, von Dr. Mannering an Base Jane adressiert. Es war sein Brief aus der Stadt, in dem er ihr das schändliche Benehmen seines Neffen geschildert hatte. Der junge Mann sah ihn, nahm ihn ohne die geringsten Gewissensbisse, nur von müßiger Neugier getrieben, zur Hand und zog den Brief heraus. Während er las, verfinsterte sein ohnehin finsteres Gesicht sich noch mehr.

«Was?» brummte er, «‹weiter nichts wie ein Rennplatzbummler . . . ein ordinärer Taugenichts . . . ein Schurke von der hinterlistigen Sorte› . . . und was ist das? ‹. . . ihn restlos enterben . . .› Was?» Er stieß einen grauenhaften Fluch aus. «*Du* willst mich enterben? Dazu gehören zwei, du alter Teufel!» Er riß die große Papierschere an sich und stürzte ins Gewächshaus . . .

Es heißt, daß unter den Fischen nur das Starrauge einen Schrei ausstößt, wenn eine Menschenhand es packt; unter den Insekten, sagt man, sei nur die Raupe des Totenkopffalters zu einem leisen, dünnen Schreckensschrei fähig; in der Pflanzenwelt konnte nur die Alraune ihrer Qual Stimme verleihen – bis jetzt.

Dornröschen

Edward Laxton hatte alles, was sein Herz begehrte, nur eine Liebste, eine Braut oder Ehefrau hatte er nicht.

Er besaß ein sehr kultiviertes Barockschlößchen, dessen elfenbeinfarbene Fassade sich in einem einige Morgen großen, dekorativen Gewässer spiegelte. Jenseits seines moosgrünen, kleinen Parks, der von ernsten Bäumen beschattet war, erstreckte sich sein Landbesitz über einige der verwildertsten Hügel, die es in Südengland gibt. Bebaute Felder gab es nur wenige, und sie lagen eingeschlossen in tiefe Wälder. Aus einem Bauernhaus und einer Kate stiegen blaue Rauchwölkchen in den Abendhimmel.

Trotz alledem hatte er ein sehr kleines Einkommen, aber da er mit gutem Geschmack gesegnet war, begnügte er sich gern mit schlichter Hausmannskost. Seine Hauptmahlzeit bestand aus einem einfach gebratenen Rebhuhn, einer Flasche Hermitage, Apfelkuchen und einem Stückchen Stilton-Käse. An Gemälden besaß er nur einen kleinen Constable, den ihm sein Großonkel hinterlassen hatte. Sein Gewehr war die alte Holland and Holland-Büchse seines Vaters, etwas anderes brauchte er nicht. Er hatte zwei Apportierhunde mit gelocktem Fell, einen dunkelbraunen und einen schwarzen. Solche Hunde hält man heute für sehr altmodisch, und als altmodisch galt auch ihr Herr bei allen, die ihn kannten. Er war über dreißig, hatte angefangen, sich alljährlich genau die gleichen Anzüge machen zu lassen, und wenn seine Freunde fortzogen, dachte er nicht daran, sich neue zu suchen.

Mehr und mehr beschränkte er sich auf die friedliche Schönheit seines Hauses und die rauhe, üppige Schönheit der Farmen des Hochlandes. Man sollte sich hüten, sich allzu sehr auf dergleichen einzulassen, denn die Schönheit eines Ortes kann von der Seele ebenso Besitz ergreifen wie andere Schönheiten. So unglaublich es klingt, aber stets, wenn Edward sich von einem Mädchen angezogen fühlte, schob ein bestimmter, mit Eichenwald bewachsener Hügel seine mächtige Schulter zwischen sie und ihn wie ein eifersüchtiger Hund. Dann merkte er plötzlich, daß die Betreffende zu schwache Fesseln hatte und sich zu stark schminkte. Neben der kahlen, sauberen Front eines bestimmten Bauernhauses, die ihm wie das mißbilligende Gesicht eines alten Dienstboten erschien, kam ihm ein munteres Mädchen doch zu elegant vor, und bei der Erinnerung an ein gewisses schmuckloses, kleines Kinderzimmer konnte jede junge Frau von heute so wirken, als wäre sie einem Film entsprungen.

Edward blieb also nichts anderes übrig, als sich mit der eigenen Gesellschaft zu begnügen und sich entschieden zu sagen, er sei der glücklichste Mann der Welt. In diese Glückseligkeit platzte ein Brief hinein, ein Brief von seinem ältesten Freund, der ihn für einige Monate auf seine Ranch in Neu-Mexiko einlud. Edward überlegte sich, daß er noch nie das Vergnügen gehabt habe, sein Heim nach einer langen, sehnsuchtsvollen Abwesenheit wiederzusehen. Er telegrafierte, packte und reiste ab.

Er kam nach Neu-Mexiko, und die schöne Grenzenlosigkeit dieses Staates fand seine grenzenlose Bewunderung. Dennoch spürte er bald eine qualvolle Sehnsucht nach einer bestimmten Biegung eines bestimmten Weges in der Heimat, nach einer ganz gewöhnlichen Ecke, die er, als er noch dort war, nie besonders beachtet hatte. Er sagte seinem Gastgeber Lebewohl und machte sich auf den Weg nach New York, und zwar in einem altgekauften Wagen, weil er noch etwas von Amerika sehen wollte, bevor er es verließ.

Sein Weg führte am Nordrand des sogenannten Staubloches entlang, einer so trostlosen Landschaft, daß das Auge sich schon nach einer Fahrt von wenigen Stunden ungläubig davor verschließt. Diese Tendenz kann sehr gefährlich werden, besonders bei jemand, der von einem Weg im fernen Europa träumt. Edward folgte einer sanften Kurve, die sich zufällig viertausend Meilen weit weg befand, und kam in einer Hintergasse abrupt zum Stehen. Er spürte heftige Rippenschmerzen, neben ihm lag eine Wassermelone, und er hatte den Eindruck, durch einen kleinen Dorfladen gefahren zu sein. «Jetzt sitze ich in der Klemme», dachte Edward. Er sollte bald erfahren, daß er außerdem in Heeber's Bluff, Arkansas, saß und wegen der Wiedergutmachung des Schadens und der Reparatur seines Wagens wahrscheinlich mit einem Aufenthalt von mehreren Tagen rechnen mußte.

Heeber's Bluff ist die trübseligste Stadt, die je in der öden Prärie geschmort hat. Kränkliche Bäume, schiefe Pfosten und verrostete Drähte unterbrechen wirkungsvoll die Großartigkeit der endlosen Ebene. Das Erdreich ist in Dürrezeiten in alle Winde geweht worden; die Felder sind scheußlicher Lehm, hier und da liegt ein Pferde- oder Rinderskelett. Ein Rinnsal von einem Flüßchen, voll von Blechbüchsen, sickert um ein paar hundert Bruchbuden herum, deren Bauart ebenso armselig ist wie das dazu verwendete Material. Die Kaufleute sehen aus wie Alligatoren; alle anderen Einwohner haben die Gesichter und Stimmen von Fröschen.

Edward deponierte sein Gepäck in Merglers Hotel, gegenüber dem Bestattungsinstitut. Nach ein paar Minuten trat er aus seinem Zimmer und ging den Schildern nach in den Speisesaal, wo er sich mit einem Pökelhaschee auseinandersetzte, das noch schrecklicher war als die Stadt selbst, denn schließlich brauchte er die Stadt nicht zu essen. Von diesem Gedanken ermutigt, ging er hinaus und bummelte die Hauptstraße entlang.

Als er ein paar Meter weit gebummelt war, fürchtete er ernstlich, den Verstand zu verlieren, und so kehrte er in Merglers Hotel zurück. Binnen kurzem merkte er, daß er sich vor Nervosität in die Fingerspitzen biß und nicht anders konnte, als wieder hinauszustürzen. Als er in der Hoteltür stand, konnte er vor zitternder Furcht nicht weiter. «In dieser Stadt kriegt man sowohl drin als draußen Platzangst», sagte er sich. «Jetzt verstehe ich den Zweck der Veranda und der ewig schaukelnden Schaukelstühle!»

Er beeilte sich, in einem dieser einladenden Möbel Platz zu nehmen, und schwankte alle paar Sekunden zwischen den Gräßlichkeiten des Hotels und den Schrecken der Straße. Am dritten Tag gegen elf Uhr vormittags verlor diese Therapie ihre Wirkung, und in seinem Innern zerbrach etwas. «Ich muß hier raus», sagte er. «Und zwar schnell!»

Sein Geld war angekommen. Seine Geldstrafe war bezahlt, und seine Rippen waren bandagiert. Er mußte noch die Angelegenheit mit dem Ladenbesitzer regeln, aber der Schadenersatz, den er unverhältnismäßig hoch gefunden hatte, war eigentlich spottbillig, wenn man ihn als Lösegeld betrachtete. Er bezahlte, was der Mann verlangte, und nun stand seiner Abreise nichts mehr im Wege. Er ging zur Reparaturwerkstatt, um seinen Wagen abzuholen, und dort erlebte er eine kleine Enttäuschung. Er kehrte ins Hotel zurück, packte seinen Koffer, verlangte die Rechnung und fragte: «Wann fährt der nächste Zug?»

«Acht Uhr», sagte der Hotelier gelassen.

Edward sah nach der Uhr: sie zeigte die Mittagsstunde an. Er blickte erst den Hotelier und dann das Bestattungsinstitut auf der anderen Straßenseite an. «Acht Stunden!» sagte er im leisen, gebrochenen Ton der Verzweiflung. «Was soll ich bloß machen?»

«Wenn Sie die Zeit totschlagen wollen», sagte der Hotelier, «könnten Sie einen Blick in den Vergnügungspark werfen. Er macht um ein Uhr auf.»

Schlag ein Uhr ging Edward durch das Drehkreuz und wurde von der ersten schmetternden Musik verschlungen.

«Ich muß mich an die Kandare nehmen», dachte er, «damit ich nicht wie verrückt von einer Attraktion zur anderen rase. Um halb zwei werde ich mir das zweiköpfige Kalb ansehen, um zwei die dickste Dame der Welt, um halb drei den Jungen mit dem Schweineschwänzchen und um drei den Zirkus. Um halb fünf werde ich mich dem Zauber des Fächertanzes hingeben, dessen Nachglanz um halb sechs die Riesenratte vergolden wird, um halb sieben gehe ich zum Dornröschen, was für ein Geschöpf das auch sein mag. Dann bleibt mir eine halbe Stunde, um mein Gepäck abzuholen, und eine glückliche Stunde auf dem Bahnsteig – wenn es einen Bahnsteig gäbe. Hoffentlich hat der Zug keine Verspätung.»

Zu den festgesetzten Zeiten besichtigte Edward feierlich die Köpfe des zweiköpfigen Kalbes, die Beine der dicksten Dame und das Hinterteil des Jungen mit dem Schweineschwänzchen. Als es Zeit zum Fächertanz wurde, erfreute er sich an den Fächern. Er betrachtete die Riesenratte, und die Riesenratte betrachtete ihn. «Ich», sagte Edward zu ihr, «reise mit dem Acht-Uhr-Zug ab.» Die Riesenratte senkte den Kopf und kehrte ihm den Rücken.

Das Zelt, in dem Dornröschen hauste, begann sich zu füllen, als Edward sich näherte. «Nur hereinspaziert!» rief der Ausrufer. «Gleich geht der Vorhang auf, und Sie sehen die bezaubernden Gesichtszüge und Körperformen der schlafenden Schönen im Schmuck ihres Nachtgewandes. Seit fünf Jahren liegt sie in tiefem Schlaf, ohne jemals aufzuwachen. Im Bett! Im Bett! Im Bett!»

Edward bezahlte seine fünfundzwanzig Cent und betrat das überfüllte Zelt. Ein übel aussehender Schurke im weißen Chirurgenkittel, um den Hals ein Stethoskop gehängt, gab gerade das Zeichen zum Aufziehen des Vorhangs.

Man sah ein niedriges Podium mit einem Spitalbett, an dessen Kopfende eine als Krankenschwester herausgeputzte, finstere Frauensperson stand.

«Hier sehen Sie das Wunder, über das die Gelehrten der ganzen Welt sich den Kopf zerbrechen», begann der Pseudo-Arzt. Während er in diesem Ton weiterfaselte, betrachtete Edward das Gesicht auf dem Kissen. Es war ohne jede Frage das vollkommenste Gesicht, das er je im Leben gesehen hatte.

«Nun, meine Herrschaften», sagte der Impresario, «sollen Sie sich mit eigenen Augen davon überzeugen, daß Sie es hier nicht mit Scharlatanerie oder Humbug zu tun haben, sondern mit einem wissenschaftlich beglaubigten Phänomen. Sie sollen sich davon überzeugen, daß diese junge Dame a) schläft und b) schön ist. Sie werden sehen, daß trotz ihres fünfjährigen Schlafes in liegender Position ihre Gliedmaßen, Hüften und Brüste nicht im mindesten geschrumpft oder verkümmert sind. Schwester, wollen Sie bitte das Laken zurückschlagen.»

Die Schwester zog, wie eine Bulldogge grinsend, das schmuddelige Baumwolltuch zurück und enthüllte die Gestalt des wundervollen Geschöpfes; nur mit einem durchsichtigen Nachthemd bekleidet, anmutig wie ein junges Reh, lag die Schöne auf dem schäbigen Bett.

«Wenn all meine Wälder und Wiesen», dachte Edward, «die Säfte aller Glockenblumen und Himmelschlüssel, aller wilden Rosen und Geisblattknospen, die ihnen in Jahrhunderten entsprossen sind, für eine einzige Blume aufgespart hätten, dann müßten sie diese Mädchenblüte hervorbringen.» Er wartete auf die üblichen Einwände des *genius loci*, die bei solchen Gelegenheiten stets gemacht werden. Es kamen keine.

«Nun, meine Herrschaften», sagte der widerwärtige Gaukler, «da es den Gelehrten der ganzen Welt nicht gelungen ist, diese schöne junge Dame aus ihrer fünfjährigen Bewußtlosigkeit zu erwecken, möchte ich Sie an eine Geschichte erinnern, die Ihre liebe Mama Ihnen vielleicht erzählt hat, als Sie noch auf ihrem Schoß saßen. Ich meine die Geschichte vom Dornröschen, das durch den Kuß des jungen Königssohnes geweckt wurde und ihn sehr freundlich ansah, als es die Augen aufschlug.»

«Wahrhaftig», dachte Edward, «wenn alle Gutenachtküsse, alle Träume und Wünsche, die im Kerzenschimmer jenes schmucklosen, kleinen Kinderzimmers je ein Kind umgaukelt haben, zu einem Engelsbild verschmölzen, dann sähe es so aus wie sie.»

«Die beste medizinische Betreuung verursacht hohe Unkosten, das werden Sie verstehen», fuhr der Pseudo-Arzt fort. «Die Herren im Publikum, die sich als Märchenprinz versuchen wollen, werden daher gebeten, eine Gebühr von fünfundzwanzig Cent zu entrichten, die Sie bitte in die Schale auf dem Nachttisch legen wollen. Bitte, anstellen, meine Herren, und nicht drängeln.»

Kopfschüttelnd verließ Edward das Zelt und kehrte in Merglers Hotel zurück, wo er, von Zorn und Scham verzehrt, in seinem Zimmer saß. «Warum schäme ich mich? Weil ich nicht versucht habe, sie mir zu erkämpfen? Nein», sagte er, «das wäre lächerlich. Trotzdem, irgend etwas – etwas Abstoßendes ist daran. Es kann doch nicht sein, daß ich selber sie küssen möchte? Nein, das wäre gemein, niedrig, verächtlich. Warum denn, im Namen aller scheuen Lieblichkeit und Unschuld, zieht es mich zurück zu dieser unaussprechlich geschmacklosen Schaustellung?

Ich werde nur einen Augenblick dortbleiben. Diesmal werde ich mein Gepäck zum Bahnhof bringen und mich auf meinen Koffer setzen und auf den Zug warten. In einer Stunde bin ich auf der Heimreise.

Heim – aber wozu dieses Heim?» rief er halblaut. «Was hat es für einen Sinn, wenn es nicht dieser einzigen unter allen Frauen Zuflucht und Geborgenheit bietet? Oder ein Hort ist für ihr Inbild, für den Traum von ihr, für die Erinnerung an sie, die ich auf meinen Lippen mit nach Hause nehmen, mit der ich für immer leben würde, wenn ich sie nur einmal geküßt hätte! Und das, bei Gott, werde ich tun!»

Er stand vor dem Zelt, aus dem die Zuschauer, sich die Lippen leckend, gerade herausströmten. «Sehr gut», sagte Edward. «Der Vorhang wird geschlossen sein, während das Zelt sich von neuem füllt. Ich muß es erreichen, einen Augenblick mit ihr allein zu sein.»

Er fand den Hintereingang, eine schmale Klappe in der Leinwand, und quetschte sich hinein. Der Arzt und die Schwester benutzten die Pause zwischen zwei Vorstellungen zu einem kleinen Imbiß.

«Der Eingang ist vorn, Freundchen», sagte der Arzt. «Oder sind Sie von der Presse?»

«Hören Sie», sagte Edward, «ich möchte ein paar Minuten mit diesem Mädchen allein sein.»

«Ach nee!» sagte der Arzt, Edwards gerötetes Gesicht und atemlose Stimme zur Kenntnis nehmend.

«Ich will dafür bezahlen», sagte Edward.

«Ein Spitzel von der Sitte», bemerkte die Schwester gleichmütig.

«Hören Sie mal, Freundchen», sagte der Arzt. «Wollen Sie sich hier etwa mit unlauteren, unmoralischen Absichten eindrängen?»

«Ich bin Engländer!» rief Edward. «Wie kann ich zu Ihrer Sittenpolizei gehören?»

Die Schwester unterzog Edward einer langen und aufmerksamen fachmännischen Musterung. «O. K.», sagte sie schließlich.

«Wieso O. K.?» sagte der Arzt.

«O. K. für hundert Pipen», sagte die Schwester.

«Hundert Pipen?» sagte der Arzt. «Na schön, mein Sohn, wir sind alle mal jung gewesen. Sie wollen ein privates Interview – vielleicht sind Sie doch von der Presse – mit dieser interessanten jungen Dame. Gut, das läßt sich machen. Hundert Pipen in bar auf den Tisch des Hauses für – was meinen Sie, Schwester?»

Die Schwester sah Edward wieder prüfend an. «Zehn Minuten», sagte sie.

«Für zehn Minuten», fuhr der Arzt fort. «Heute abend nach zwölf, wenn wir zumachen.»

«Nein, jetzt», sagte Edward. «Ich muß meinen Zug erreichen.»

«Ach nee?» sagte der Arzt. «Damit dann irgendeiner seine lange Nase reinsteckt und sich beschwert, daß wir nicht pünktlich anfangen? Nee, Freundchen. Wir haben auch unser Berufsethos – *die Schau geht weiter.* Und jetzt verduften Sie. Zwölf Uhr. Dave, Vorhang auf!»

Einen Teil der Zeit vertrieb Edward sich damit, daß er die immer zahlreicher ins Zelt strömenden Leute beobachtete. Als es dunkel wurde, ging er fort und setzte sich an das stinkende Flüßchen; den Kopf in die Hände gestützt, wartete er auf das Verstreichen der endlosen Stunden. Das spärliche Wässerchen gluckerte im Dunkeln. Schwer von abgestandener, steriler Hitze lastete die Nacht über der leblosen, weiten Lehmfläche. In der Ferne funkelten die Lichter des Rummelplatzes, und das dunkle Wasser rieselte und rieselte.

Endlich erlosch der Glanz bis auf wenige Lichter, und auch diese gingen, eines nach dem anderen, zwinkernd aus wie Funken auf einem schwelenden Stück Papier. Edward stand auf und ging wie ein Schlafwandler zurück zum Rummelplatz.

Der Arzt und die Schwester verschlangen stumm und gierig ihr Essen, als er das Zelt betrat. Das grelle Licht eines einzelnen Scheinwerfers fiel auf ihre schlecht geschminkten Gesichter und ihre imitierte Tracht, so daß sie wie Wachsfiguren oder wandelnde Leichen wirkten, während das Mädchen auf dem Bett mit den gesund geröteten Wangen und dem lieblich verwirrten Haar aussah wie ein Geschöpf des frischen Windes, das durch einen Zauber in diese häßliche Starre gebannt war und auf einen Befreier wartete.

«Hier ist das Geld», sagte Edward. «Wo kann ich mit ihr allein sein?»

«Schieben Sie das Bett auf die andere Seite des Vorhanges», sagte der Arzt. «Wir stellen das Radio an.»

Edward war allein mit der Schönen, für die er, sein ganzes Leben, sein Haus und sein Land geschaffen waren. Er befeuchtete sein Taschentuch und wischte das verschmierte Lippenrot von ihrem Mund.

Er bemühte sich, seine Gedanken zu klären, sein Gehirn so leer zu machen wie einen unbelichteten Film, um sich die unendlich feinen Linien ihrer Wangen und Lippen, den Schwung der träumenden Wimpern und das Zaubergerank ihres Haars einprägen zu können.

Plötzlich merkte er mit Schrecken, daß Tränen seine Augen trübten. Er hatte seinen Geist für das Bildnis einer Göttin freigemacht, und nun überschwemmte das Mitleid mit einem sterblichen Mädchen sein ganzes Wesen. Er beugte sich vor und küßte sie auf die Lippen.

Es ist das Schicksal derjenigen, die ein Dornröschen küssen, selbst erweckt zu werden: Edward riß den Vorhang auf.

«Sehr pünktlich», sagte der Doktor beifällig.

«Wieviel?» fragte Edward. «Wieviel wollen Sie für das Mädchen haben?»

«Hast du das gehört?» sagte der Doktor zur Schwester. «Er will die Nummer kaufen.»

«Verkauf sie», sagte die Schwester.

«Hast sie nie leiden können, was?» sagte der Doktor.

«Zwölftausend», sagte die Schwester.

«Zwölftausend Dollar?» fragte Edward.

«Sie haben richtig verstanden», sagte der Doktor.

In dieser Angelegenheit konnte man nicht feilschen. Edward telegrafierte seinem Anwalt, dieser schickte das Geld am nächsten Tag, und noch am selben Nachmittag reiste Edward mit seiner wunderbaren Fracht nach Chicago. Dort nahm er ein Hotelzimmer, in dem sie sich bis zur Weiterfahrt nach New York ausruhen konnte. Er schrieb einige Briefe und ging hinunter, um sie aufzugeben. Am Empfangstisch sah er einen Mann und eine Frau stehen, die einen äußerst unangenehmen Eindruck machten.

«Das ist der Herr», sagte der Empfangschef.

«Mr. Laxton?» sagte der Mann.

«Meine Tochter!» schrie die Frau in herzzerreißendem Ton. «Wo ist mein kleines Mädchen? Mein süßes Kind!»

«Was soll das heißen?» rief Edward, sie in einen menschenleeren Nebenflur manövrierend.

«Was das heißt? Entführung, Sklavenhandel und Verletzung der Mann-Act», sagte der Mann.

«Verkauft wie eine Leibeigene!» zeterte die Frau. «Wie eine weiße Sklavin!»

«Was ist die Mann-Act?» fragte Edward.

«Wenn Sie eine Dame, irgendeine Dame, die nicht Ihre Frau oder Tochter ist, aus einem Staat in einen anderen schaffen», sagte der Mann. «Das ist die Mann-Act. Zwei Jahre.»

«Erst müssen Sie beweisen, daß sie Ihre Tochter ist», sagte Edward.

«Hören Sie mal, Sie Schlaukopf», sagte der Mann, «wenn Ihnen ein halbes Dutzend Zeugen aus unserer Heimatstadt nicht genügt – dem Staatsanwalt genügt es bestimmt. Sehen Sie den Mann da drüben am Empfangstisch? Das ist der Hoteldetektiv. Ich brauche nur zu pfeifen, mein Junge.»

«Sie wollen Geld», sagte Edward schließlich.

«Ich will meine Rosie», sagte die Frau.

«Wir waren mit zwanzig Prozent an Rosie beteiligt», sagte der Mann. «O ja, sie hat für ihre Familie gesorgt.»

Edward stritt sich eine Weile mit ihnen herum. Sie forderten zwanzigtausend Dollar. Er telegrafierte wieder nach England, konnte ihnen bald darauf das Geld aushändigen und erhielt dafür ein Schriftstück, in dem die Eltern ihre sämtlichen Rechte an ihn abtraten und ihn zum gesetzlichen Vormund des schlafenden Mädchens ernannten.

Edward war niedergeschmettert. Wie im Traum fuhr er weiter nach New York. Unablässig ging ihm jene bestürzende Unterredung in allen Einzelheiten durch den Kopf. In der Hotelhalle merkte er mit einemmal voller Entsetzen, daß jemand genauso oder doch ganz ähnlich auf ihn einredete. Ein heruntergekommener, aber geschäftstüchtig aussehender Geistlicher stand vor ihm.

Er redete von der Reinheit der jungen amerikanischen Frau, von zwei bescheidenen Mitgliedern seiner Gemeinde, von der hochstehenden Moral des Staates Tennessee und von einem Mädchen namens Susie-May. Hinter ihm standen zwei sprachlose Gestalten, die geeignet schienen, auch jedem anderen die Sprache zu rauben.

«Dann ist sie also das Kind dieser Hinterwäldler?» fragte Edward.

«Diese Bezeichnung», sagte der Geistliche, «hört man nicht gern in den Bergen von . . .»

«Und sie heißt in Wirklichkeit Susie-May?» unterbrach ihn Edward. «Das Mädchen, das da oben in meinem Zimmer ist? Dann waren die anderen Eltern Schwindler. Und diese hier wollen ihre Tochter wiederhaben. Woher wissen Sie davon?»

«Die gesamte amerikanische Presse hat in den letzten drei Tagen Notizen über Ihre unmoralische Tat gebracht», erklärte der Geistliche.

«Ich sollte mehr Zeitung lesen», sagte Edward. «Diese Leute wollen das Mädchen also in eine dreckige Hütte zurückholen . . .»

«Klein, aber rein», sagte der Geistliche.

«. . . und sie zweifellos an den nächsten schuftigen Schausteller verkaufen, der vorüberkommt.» Er setzte ihnen ausführlich auseinander, daß er nichts als die lautersten Absichten habe und wie ausgezeichnet Susie-May bei ihm aufgehoben sein werde.

«Mr. Laxton», sagte der Geistliche, «haben Sie je darüber nachgedacht, was ein Mutterherz bedeutet?»

«Voriges Mal bedeutete es zwanzigtausend Dollar.»

Man sollte nie witzig sein wollen, auch nicht in der tiefsten Verzweiflung. Das Wort *zwanzigtausend* fand im Mund des männlichen Elternteils polternden Widerhall wie in den Tiefen einer Berghöhle, und seine alterstrüben Augen begannen drohend zu funkeln.

Der Rest der Unterredung war nur noch Persiflage. Edward entschuldigte sich für ein Weilchen, um allein auf und ab zu gehen, wieder zu Atem zu kommen und in Ruhe nachzudenken.

«Das verschlingt den Rest meines Kapitals», dachte er. «Ich werde keinen Cent zum Leben haben. Susie wird die teuersten Ärzte brauchen. Ach was, auch wenn ich Haus und Grundstück verkaufe und nur das Verwaltungshäuschen behalte, können wir miteinander glücklich werden. Dann haben wir vier- bis fünfhundert im Jahr zu verzehren, und außerdem noch immer den Sternenhimmel über uns und um uns die tiefen Wälder. Ja, so werde ich es machen.»

Er machte es nicht ganz genauso, denn es stellte sich heraus, daß bei einem überstürzten Verkauf meist nicht der Preis erzielt wird, der dem Wert und der Schönheit des Objekts entspricht. Dazu kamen die Anwaltsgebühren, ein paar kleine Geschenke, um die Angelegenheit zu beschleunigen, und die hohen Hotel- und Reisekosten.

Nach Abwicklung aller Geschäfte war Edwards Vermögen so weit zusammengeschmolzen, daß er kaum mehr als zweihundert im Jahr zu verzehren hatte, aber schließlich hatte er ja das Häuschen, hoch oben am Himmel den Orion und ringsum die mächtigen Wälder. Abends ging er häufig vor dem Haus auf und ab, und wenn er dann das sirupgelbe Kerzenlicht durch das kleine Fenster schimmern sah und daran dachte, daß dieses Häuschen alle Schönheit der Welt beherbergte, hätte er jubeln können. In solchen Augenblicken war er der Glücklichste unter den Menschen.

Nur einen Wermutstropfen gab es in seinem Glück. Der neue Besitzer des Anwesens entpuppte sich als ziemlich unsympathisch. Er war kaum der richtige Herr für diesen schönen Landsitz. Zweifellos war Edward ein bißchen voreingenommen, aber er hatte das Gefühl, als hätte er noch niemand so laut, diktatorisch und überheblich reden gehört wie diesen Mann, als wären seine Anzüge zu neu, seine Nägel zu auffallend manikürt, sein Siegelring zu dick und glänzend. Außerdem hatte er ausgesprochen grobe Gesichtszüge. Eigentlich sah er wie ein Schwein aus, fand Edward, aber selbst wenn das zutraf, so zeigte er unmißverständlich, daß er ein schwerreiches Schwein war. Bei seinen Plänen für sogenannte *kleine Verbesserungen* auf dem Grundstück sträubten sich Edward die Haare.

Verglichen mit der Sorge um sein geliebtes Grundstück waren Edwards andere Mißhelligkeiten von geringer Bedeutung. Obwohl er der gesetzliche Vormund des lieblichen Mädchens war, nannte eine Lokalzeitung ihn einen Wüstling, während eine andere sich abstoßend frivol über die Angelegenheit ausließ. Seine vermögenden Verwandten wollten nichts mehr mit ihm zu tun haben, und die ärmeren suchten ihn auf und redeten ihm ins Gewissen. Eine Dame mit strengen moralischen Grundsätzen ging so weit, ihn mehrmals auf der High Street in Shepton-Mallet mit dem Regenschirm tätlich anzugreifen.

Mittlerweile hatte er durch fleißige Erkundigungen einen als genialen Arzt anerkannten Endokrinologen ausfindig gemacht. Der große Mann nahm sich mit Enthusiasmus des interessantesten Falles an und war jederzeit bereit, eine wichtige Verabredung in London abzusagen und an Susie-Mays Lager zu eilen. Edward zitterte beim Gedanken an die Rechnung.

Schließlich kam der Tag, an dem der Arzt, ein Spinnweb von seinem Ärmel wischend, die schmale Treppe herunterkam und mit selbstgefälligem Lächeln zu Edward sagte: «Ich habe eine gute Nachricht für Sie. Gestern habe ich einen Brief aus Wien bekommen, von Wertheimer.»

«Eine gute Nachricht, sagen Sie?» rief Edward, und sein Herzschlag beschleunigte sich. «Heißt das, Sie können sie aufwecken?»

«Nicht nur aufwecken», erwiderte der Spezialist, «sondern auch wachhalten. Hier ist das Medikament, das Wertheimers Leute nach den von mir eingeschickten Berichten zusammengestellt haben. Ganz gewöhnliche Kapseln, wie Sie sehen, und doch epochemachend. Lesen Sie, was auf dem Etikett steht: *Pünktlich um 9 Uhr vorm. und 6 Uhr nachm. zu verabreichen.* Nicht etwa *gegen* neun oder *gegen* sechs. Haben Sie das richtig verstanden?»

«Ja, ich verstehe», sagte Edward. «Ich muß sie ihr genau zum angegebenen Zeitpunkt geben.»

«Ja, denn sonst wird sie sehr rasch wieder einschlafen», setzte der Arzt in strengem Ton hinzu.

«Können Sie mir sagen, wann sie aufwachen wird?» fragte Edward.

«Vielleicht nach vierundzwanzig, vielleicht nach achtundvierzig Stunden», antwortete der Arzt. «Es kann aber auch länger dauern.»

Er gab noch eine Menge kleiner Anweisungen, wiederholte ein halbdutzendmal seine Ermahnungen, die Arznei pünktlich einzugeben, wischte noch ein Spinnweb von seinem Ärmel und ging.

Edward verbrachte die nächsten zwei Tage in freudiger Erregung, die allerdings durch gewisse Befürchtungen getrübt wurde. Vor allem fürchtete er, sie würde vielleicht erschrecken, wenn sie an einem fremden Ort, allein mit einem fremden Mann, erwachte. Er erwog, ob er das Dorfmädchen, das sie tagsüber versorgte, darum bitten solle, über Nacht bei ihr zu bleiben, aber er verwarf den Gedanken wieder: er konnte das Recht, beim Erwachen an ihrer Seite zu sein, nicht aufgeben. Drei Nächte lang wachte er an ihrem Bett, mit geröteten Augen und schwindlig vor Übermüdung, jeden Augenblick auf ein leises Flattern der geschlossenen Augenlider gefaßt Die dritte Nacht verging; die tropfende Kerze verlosch. Hinter dem Fenster dämmerte schon der Morgen. Bald fielen die ersten schrägen Sonnenstrahlen auf das Bett. Die Schlummernde regte sich und schlug mit einem Seufzer die Augen auf. Es waren fraglos die schönsten Augen der Welt, die sich nun auf Edward richteten.

«Hallo!» sagte Susie-May unsicher.

«Guten Morgen», sagte Edward. «Vielmehr – ich wollte sagen ... Sie möchten wahrscheinlich wissen, wo Sie sind.»

«Wo ich bin und wie zum Teufel ich hierher komme», sagte die Schöne, sich aufsetzend. Sie rieb sich die Stirn, offenbar in dem Versuch, sich zu erinnern. «Ich muß glatt ohnmächtig geworden sein», sagte sie. Dann zeigte sie anklagend auf ihn: «Und Sie sehen mir aus wie ein Halunke, der mich mißbraucht hat.»

«Ich versichere Ihnen, daß Sie völlig im Irrtum sind», sagte Edward schwach.

«Hoffentlich», antwortete die junge Dame. «Aber wenn das nicht stimmt, mein Junge, dann werden Sie dafür blechen, das kann ich Ihnen sagen.»

«Ich glaube, Sie sollten mich lieber genau erzählen lassen, wie das alles gekommen ist», sagte Edward.

Und er erzählte.

«Sie wollen also sagen», sagte Susie-May, als er fertig war, «Sie wollen also sagen, daß Sie mich aus der Schau rausgeholt und in diese Bruchbude gebracht haben?»

«Aber mein liebes Kind, Sie lagen im Schlaf, Sie waren krank ...» protestierte Edward.

«Ach was!» sagte sie. «Ich wäre schon wieder aufgewacht. Wetten, daß ich aufgewacht wäre, wenn die mit ihrer Schau nach Hollywood gekommen wären? Und was soll ich jetzt anfangen?»

«Diese Frage kann ich sehr leicht beantworten», sagte Edward. «Sie werden essen, was Ihnen vorgesetzt wird, wenn Sie nicht verhungern wollen. Sie werden in den nächsten paar Tagen wieder laufen lernen, wenn Sie nicht für den Rest Ihres Lebens auf Ihrem Hintern sitzen wollen. Sobald Sie selbst für sich sorgen können, werden wir besprechen, was Sie anfangen sollen. Dann werden Sie auch dieses Haus und mich sehr viel besser kennen als jetzt.»

Er sagte das mit einer Autorität, die beide überraschte. Susie war etwas eingeschüchtert und vielleicht von der Lebhaftigkeit ihrer ersten Eindrücke ermüdet; sie erwiderte nichts, sondern senkte bald ihre bezaubernden Augenlider und fiel in einen leichten Halbschlaf.

Edward betrachtete sie, und alle seine zarten Gefühle, die er so roh verscheucht hatte, kamen wieder heimgeflattert. «Ich habe weiter nichts gesehen als die Narben einer schrecklichen Kindheit», dachte er. «Irgendwo tief, tief unter der erschütternden Oberfläche, muß eine Seele wohnen, die zu diesem lieblichen Gesicht paßt. Was wirklich schläft, ist diese Seele, und es wird teuflisch schwer sein, sie aufzuwecken.»

In den folgenden Tagen machte er sich eifrig an die Arbeit. Er umgab sie mit warmer, heiterer Zärtlichkeit. Wie man einem schmollenden Kind ein Spielzeug nach dem anderen in die Hand gibt, so schenkte er ihr ein Lächeln oder eine Blume, ein liebevolles Wort oder eine amerikanische Zigarette, die er eigens für sie aus London besorgt hatte. Er machte sie auf den Wohlgeschmack der gesprenkelten Forelle aufmerksam, die er für sie gefangen hatte, auf den Duft des herbstlichen Wabenhonigs und auf den Glanz der Regentropfen an der Fensterscheibe, die im durchbrechenden Sonnenschein heller funkelten als Diamanten.

Hätte ein Zyniker ihm gesagt, er vergeude seine Zeit, so hätte Edward mit erschreckender Logik erwidert: «Sieh dir dieses Gesicht an! Paßt es nicht in dieses Haus, in diesen Garten? Es müßte eigentlich, denn hier wurde es geschaffen. Das, mein Lieber, ist ein Gesicht aus dem England des achtzehnten Jahrhunderts, das sich – als hätte es zwei- bis dreihundert Jahre lang im Schlaf gelegen – unverändert in den Cumberland-Bergen von Kentucky erhalten hat. Verlaß dich drauf, ihre schlummernde Seele ist von derselben exquisiten Schönheit und wird sich, sofern sie überhaupt erwacht, in dieser Umgebung, der sie ursprünglich entstammt, zu Hause fühlen. Warte nur, wenn ich sie erst in den Wald führe!»

Die Tage verstrichen: Susie-May kam rasch zu Kräften und konnte in dem kleinen Gärtchen spazierengehen, wo die verwilderten Spätsommerblumen sich ihr Aufmerksamkeit heischend entgegenneigten, aber sie gönnte ihnen keinen Blick. Schließlich konnte Edward sie beim Arm nehmen und in die großen Wälder führen, die einmal ihm gehört hatten.

Sie fuhren an die zwei Kilometer weit über kaninchenbenagten Rasen, glatt wie grüner Samt, ringsum von mächtigen Buchen gesäumt, hinter denen die schlanken Stämme in silbrigem Dämmer standen, ganz still, um die Dryaden nicht zu stören. Weiter unten, in der Gegend seines alten Hauses, machten die Buchen riesigen Eichen Platz – mit Flechten bewachsene bronzene Stämme, das Geäst an Geweihe gemahnend, virgilisch. Er ließ sie in Lichtungen blicken, die von Weidenröschen flammten, und in andere, auf denen das verdorbene Farnkraut sich rostbraun färbte. Kaninchen stoben nach allen Richtungen auseinander, der Hase hoppelte, oftmals zurückblickend, davon, der kupferfarbene Fasan flatterte mit viel Geraschel auf, den langen Schwanz wie einen Drachenschweif nachschleppend. Der große Specht flog, über irgend etwas herzlich lachend, den ganzen Rückweg lang von Baum zu Baum vor ihnen her.

Die ganze Zeit hatte Edward kaum ein Wort gesagt, er hatte nicht einmal gewagt, ihr Gesicht nach irgendwelchen Empfindungen zu durchforschen. Jetzt, auf der Schwelle des Häuschens, nahm er ihre Hände in die seinen und fragte, ihr tief in die Augen blickend: «Nun? Wie hat es dir gefallen?»

Sie antwortete: «Abscheulich.»

Edwards Enttäuschung war so plötzlich und heftig, daß er für einen Augenblick seiner Sinne nicht mehr mächtig war. Als er sich gefaßt hatte, sah er, daß Susie geduckt wie eine fauchende Katze vor ihm stand und daß seine rechte Hand drohend erhoben war. Er ließ sie sinken und sagte, nach Atem ringend: «Keine Angst. Ich bin nicht imstande, eine Frau zu schlagen.»

Susie schien ihm das zu glauben, denn sie zögerte nicht, ihm einige sehr wenig schmeichelhafte Gründe für seine Unfähigkeit zu nennen. Er selbst war seltsamerweise nicht so überzeugt, und sein Gewissen biß und riß ihn derart, daß er kaum hörte, was sie sagte. Er wartete bis sechs Uhr, gab ihr eine Kapsel und ging dann hastig hinaus, um wie gejagt über die dunklen, windigen Hügel zu rennen. Nach mehreren Kilometern hatte der Aufruhr in seinem Innern sich ein wenig gelegt, und er kam zu folgendem Schluß: «Ich war so wütend, weil sie sich weigert, meine Maßstäbe anzuerkennen – die Maßstäbe eines Mannes, der imstande wäre, ein hilfloses Mädchen zu schlagen (denn daß ich das nicht wäre, war eine Lüge). Es gibt nur eine Lösung.»

Es ist eine traurige Lebensweisheit, daß immer, wenn es nur eine Lösung gibt, diese Lösung alles andere als angenehm ist. Am nächsten Tag bat Edward das kleine Zugehmädchen, über Nacht bei Susie zu bleiben, während er selbst in die Stadt fuhr, um seinen Rechtsanwalt aufzusuchen.

«Wieviel würde ich erzielen, wenn ich meinen gesamten Besitz verkaufte?» fragte Edward mit etwas belegter Stimme.

«Einschließlich des Häuschens, in dem Sie wohnen?»

«Ja, restlos alles.»

Der Anwalt zog seine Akten zu Rate, kritzelte Zahlen auf seinen Notizblock, beklagte die schlechte Marktlage und teilte Edward schließlich mit, daß er mit vier- bis fünftausend Pfund rechnen könne.

«Dann verkaufen Sie», sagte Edward, jeden Widerspruch beiseite schiebend. Dann begab er sich in ein Hotel und am nächsten Tag fuhr er wieder nach Hause.

Als er sich seinem Häuschen näherte, gewahrte er seine Susie, die ihm vom Wald her entgegenkam. Ihre Wangen waren gerötet, ihre Augen glänzten, ihr Haar war ein bißchen zerzaust.

«Was sehe ich?» sagte er, als sie zusammentrafen. «Du bist doch nicht etwa im Wald gewesen!»

«Wo sollte ich denn sonst hingehen?» antwortete sie.

«Komm ins Haus», sagte Edward, «ich will dir erzählen, wo du sonst hingehen könntest. Was meinst du dazu, wenn wir nach Kalifornien, nach Hollywood gingen?»

«Soll das ein Spaß sein?» fragte sie erstaunt. «Ich dachte, du wärst pleite.»

«Ich verkaufe auch das, was mir übriggeblieben ist», erklärte Edward. «Es wird nicht so viel bringen, daß wir dort sehr lange auf großem Fuß leben können, aber da es nun einmal dein Wunsch ist, will ich ihn dir erfüllen.»

Susie schwieg ein Weilchen, dann sagte sie: «Ist ja Quatsch! Ich will nicht, daß du deinen letzten Cent opferst.»

Edward, ganz verblüfft über ihre Großmut, versuchte ihr die Gründe für seine Sinnesänderung auseinanderzusetzen. Doch sie schnitt ihm das

Wort ab: «Reden wir nicht mehr davon. Ich kann genausogut hierbleiben. Jedenfalls für ein Weilchen.»

Edward hörte das mit den Gefühlen eines Menschen, der vielleicht nicht gerade zum Galgen, aber doch zur Deportation verurteilt war und nun begnadigt wird. «Was ist geschehen?» rief er. «Wäre es möglich, daß wir uns beide verändert haben, nur in entgegengesetztem Sinne? Oh, ich weiß! Du warst im Wald, und irgend etwas dort muß dich angerührt haben.»

«Halt lieber deine große Schnauze», sagte sie fast ärgerlich. «Du weißt ja nicht, was du redest.»

«Ich weiß, daß solche Gefühle etwas sehr Zartes, Privates sein können», sagte er. «Ein unbestimmtes Tasten, über das man lieber nicht spricht. So glaube ich auch, daß du heute nicht dasselbe empfunden hättest, wenn ich dabei gewesen wäre. Es war falsch, daß ich dich am Montag begleitet habe – so sehr ich mich auf dieses gemeinsame Erlebnis gefreut hatte. In Zukunft lasse ich dich allein spazierengehen.»

Susie ging also von nun an jeden Nachmittag allein in den Wald, während Edward zu Hause blieb, und täglich kam sie lieblicher und strahlender zurück.

«Der Wald arbeitet für mich», dachte Edward, und seine Gedanken folgten ihr wie ein Hund. Er malte sich aus, wie sie unter hohen Bäumen im sonnengefleckten Schatten lustwandelte, wie sie durch einen Bach watete oder sich mit einem Farnwedel Kühlung zufächelte oder wie sie Brombeeren pflückte und in den blau verschmierten Mund stopfte. Schließlich glaubte er einfach nicht länger leben zu können, wenn er diese hübschen Dinge nicht einmal mit eigenen Augen sah, und so schlich er ihr denn eines Nachmittags heimlich nach.

Er hielt sich, zwischen Bäumen versteckt, ein gutes Stück hinter ihr und wollte, wenn sie sich zum Ausruhen hinsetzte, leise hervortreten. Aber sie setzte sich nicht hin, sondern ging immer schneller, und schließlich fing sie sogar an zu rennen, so daß er für eine Weile ihre Spur verlor. Er eilte weiter, einem scheltenden Eichelhäher nach, und als er den Eichelhäher erreicht hatte, blickte er sich nach allen Seiten um, aber sie war nirgends zu sehen. Plötzlich hörte er sie lachen und dachte: «Sie muß mich die ganze Zeit gesehen haben!»

Ihr leises Lachen klang so süß und einladend, daß ihm das Herz schneller schlug. Es kam aus einer nahen Mulde am Waldrand, wo der Boden sich senkte. Edward trat leise näher; halb und halb erwartete er – obwohl er es eigentlich nicht zu erwarten wagte –, daß sie mit weit ausgebreiteten Armen zu ihm aufblicken würde. Er teilte das Geäst und blickte hinunter. Sie war wirklich in der Mulde, und sie hatte wirklich die Arme weit ausgebreitet, aber nicht, um Edward zu umarmen, sondern seinen verhaßten, dicken Nachbarn.

Edward stahl sich leise fort und ging zu seinem Häuschen zurück, wo er Susie erwartete, die sehr spät und lieblicher denn je nach Hause kam.

«Dieses Lächeln kannst du dir sparen», sagte Edward. «Du dreckige, hinterhältige, kleine Hure ...»

Was das Lächeln betraf, so gehorchte sie auf der Stelle, aber dann ging es los. «So ein gemeiner, ordinärer Schnüffler», fing sie an, und es entwikkelte sich ein äußerst lebhafter Dialog. Edward vergaß sich so weit, ein paar Drohungen auszustoßen, die sie mit erbitterndem Hohn abtat, als fühlte sie sich bei ihrem Liebhaber in sicherem Schutz.

«Er hat eine große Filmgesellschaft in London», sagte sie, «und er hat mir versprochen, mir eine Filmrolle zu verschaffen.»

«Du vergißt», sagte Edward, «daß ich gegen deinen Vertrag Einspruch erheben könnte.»

«Heißt das, daß du mich zurückhalten willst?»

«Warum nicht?»

«Weil ich auf der Stelle zur Polizei gehen werde», sagte Susie. «Und weißt du, was ich da erzählen werde? Was damals, als ich noch schlief, passiert ist!» Sie schickte sich an, ihn näher zu informieren, mußte aber mit einemmal furchtbar gähnen.

Edward warf einen Blick auf die Uhr und sah, daß die sechste Stunde unbemerkt verstrichen war.

«Nun?» fragte er. «Was denn?»

«Genug um ... dich ins Kittchen zu bringen ...» murmelte sie wie ein Grammophon, das man aufzuziehen vergessen hat, und wieder gähnte sie. Ihr Kopf sank immer tiefer, bis ihre Wange auf dem Tisch lag.

«Angenehme Träume!» sagte Edward; er nahm das Schächtelchen mit den Kapseln vom Kaminsims und schleuderte es ins Feuer. Susie beobachtete ihn mit verglasten Augen, in denen gleichzeitig mit dem auflodernden Kaminflämmchen ein Wutflämmchen aufflackerte. Die Flamme erlosch, und Susies Augen fielen zu. Sie sah hinreißend aus.

Edward brachte sie zu Bett, und als er wieder herunterkam, schrieb er an eine Firma für Wohnwagen und Anhänger. Im nächsten Sommer konnte man ihn in Blackpool sehen, wo er in makellos weißem Arztkittel das Publikum zum Besuch seiner Vorstellung aufforderte. Auf dem Schild über ihm stand zu lesen:

DAS SCHLAFENDE DORNRÖSCHEN
Dr. von Stangelberg mit seinem
Wunder der modernen Wissenschaft
Nur für Erwachsene
DAS SCHLAFENDE DORNRÖSCHEN
Eintritt Sixpence

Wie man hört, ist er auf dem besten Weg, wieder ein reicher Mann zu werden.

Mary

Im Bergland von North Hampshire gab es einmal – und gibt es hoffentlich noch – ein Dorf, das hieß Ufferleigh. Jedes Häuschen hatte seinen Garten, und in jedem Garten stand ein riesiger Apfelbaum, und als an diesen Bäumen rotbackige Früchte hingen und zwischen Bohnenreihen und Kohlbeeten frisch ausgegrabene Kartoffeln glänzten, kam ein junger Mann ins Dorf, den man hier noch nie gesehen hatte.

Er blieb auf der Straße unterhalb von Mrs. Hedges' Tor stehen und blickte in den Garten hinauf. Rosie, die beim Bohnenpflücken war, hörte sein zaghaftes Husten; sie wandte sich um, beugte sich über die Hecke und fragte nach seinem Begehr. «Ich wüßte gern, ob hier im Dorf jemand ein Zimmer zu vermieten hätte», sagte der Fremde.

Er sah Rosie an: ihre Wangen waren röter als die Äpfel, und sie hatte das lieblichste Blondhaar, das man sich vorstellen kann. «Ich wüßte gern», setzte er berichtigend hinzu, «ob *Sie* ein Zimmer vermieten.»

Rosie sah ihrerseits den Fremden an. Er trug einen blauen Sweater nach Art der Seeleute, aber wie ein Seemann sah er eigentlich nicht aus. Er hatte ein offenes, freundliches, von der Sonne gebräuntes Gesicht und schwarzes Haar. Obwohl er abgerissen und verschüchtert aussah, hatte er irgend etwas an sich, was ihn von einem gewöhnlichen Landstreicher unterschied. «Ich werde Mutter fragen», sagte Rosie.

Damit lief sie ins Haus, und Mrs. Hedges kam heraus und sah sich den jungen Mann an. «Ich suche für eine Woche ein Zimmer in der Nähe von Andover», sagte er. «Ich habe dort zu tun, aber in der Stadt selbst möchte ich nicht gern wohnen.»

«Ein Bett hätten wir», sagte Mrs. Hedges. «Wenn es Ihnen nichts ausmacht, mit uns zusammen zu essen . . .»

«Aber nein, Ma'am», sagte er. «Nichts lieber als das.»

Sie wurden rasch handelseinig; Rosie pflückte noch eine Handvoll Bohnen, und nach einer Stunde saß er mit ihnen beim Abendessen. Er nannte seinen Namen – Fred Baker –, aber sonst brachte er vor lauter Höflichkeit kaum ein Wort heraus, und schließlich fragte Mrs. Hedges ihn rundheraus nach seinem Beruf. «Nun ja, Ma'am», sagte er, ihr freimütig ins Gesicht blickend, «seitdem ich groß bin, habe ich bald dies, bald das getan, aber nach einem alten Sprichwort kommt man am besten in der Welt voran, wenn man den Leuten was zum Fressen oder zum Lachen vorsetzt. Und das tue ich, Ma'am. Ich reise mit einem Schwein.»

Mrs. Hedges sagte, so etwas habe sie noch nie gehört.

«Das wundert mich», sagte er. «Wie ich gehört habe, verdienen manche Leute in den Londoner Varietés ein Vermögen damit. Buchstabieren, zählen, addieren, Fragen beantworten – alles. Aber warten Sie nur ab», sagte er lächelnd, «wenn Sie erst Mary sehen!»

«Ist Mary Ihr Schwein?» fragte Rosie.

«Ich nenne sie so», erklärte Fred schüchtern, «aber nur unter uns sozusagen. Für das Publikum heißt sie Zola. Ein bißchen was Französisches, hab ich mir gedacht. Klingt ein bißchen pikanter, wenn Sie den Ausdruck entschuldigen wollen. Aber in unserem Wohnwagen nenne ich sie Mary.»

«Sie leben in einem Wohnwagen?» fragte Rosie, ganz entzückt beim Gedanken an so ein Puppenhaus.

«Ja», sagte er. «Sie hat ihre Schlafkoje, und ich habe meine.»

«Ich glaube, das würde mir nicht gefallen», sagte Mrs. Hedges. «Mit einem Schwein? Nein.»

«Sie ist so sauber wie ein neugeborenes Baby», sagte er. «Und als Gesellschaft ist sie auch nicht schlecht, direkt menschlich, könnte man sagen. Trotzdem, es ist schon ein rechtes Wanderleben für sie – bergauf, bergab, wie man so sagt. Unter uns gesagt: ich werde nicht ruhen, bis ich sie in eins von den großen Londoner Theatern gebracht habe. Sie werden's noch erleben, daß wir im West End auftreten!»

«Ich finde den Wohnwagen das beste daran», bemerkte Rosie, die mit einemmal ganz gesprächig wurde.

«Ist auch hübsch», sagte Fred. «Mit Vorhängen, wissen Sie, und einem Blumentopf und einem kleinen Herd. Irgendwie bin ich daran gewöhnt. Mag gar nicht dran denken, daß ich in so einem großen Hotel wohnen müßte. Aber Mary muß an ihre Karriere denken. Ich darf ihrem Talent nicht im Wege stehen. Ja, so ist das.»

«Ist sie groß?» fragte Rosie.

«Ob groß oder klein, darauf kommt es bei ihr nicht an», antwortete er. «Genausowenig wie bei Shirley Temple. Worauf es ankommt, das ist ihr Verstand, ihre Persönlichkeit. Gescheit wie ein ganzer Wagen voll Affen! Sie würde Ihnen gefallen. Und Sie ihr auch, glaube ich. Doch, ja, bestimmt. Manchmal fürchte ich, daß ich für sie ein bißchen zu schwerfällig bin, ich habe nie viel mit Damen zu tun gehabt.»

«Na, das glaube ich nicht», sagte Mrs. Hedges so schelmisch, wie die Konversation es erforderte.

«Doch, Ma'am, bestimmt», sagte er. «Immer auf der Walze, wissen Sie, schon als ganz junger Bursch. Körbe und Besen, Töpfe und Pfannen, eine Weile als Akrobat und dann mit Mary. Keine zwei Tage am selben Ort. Da hat man keine Zeit, Bekanntschaften zu machen.»

«Aber hier werden Sie eine ganze Woche bleiben», sagte Rosi naiv, doch gleich darauf wurden ihre Wangen noch viel röter, weil sie an einem scharfen Blick ihrer Mutter merkte, daß der junge Mann ihre Worte falsch auffassen könnte.

Fred hatte jedoch nichts bemerkt. «Ja», sagte er, «eine ganze Woche, und warum? Weil Mary sich auf dem Marktplatz von Andover einen Nagel eingetreten hat. Sie hat ihre Nummer noch zu Ende gemacht – dann brach sie zusammen. Jetzt ist sie beim Tierarzt, das arme Geschöpf.»

«Ach, die Ärmste!» rief Rosie.

«Ich fürchtete halb und halb», sagte er, «daß es schiefgehen würde, aber sie scheint wieder in Ordnung zu kommen. Ich habe die Gelegenheit benutzt, eine kleine Reparatur am Wagen machen zu lassen, und bald werden wir wieder unterwegs sein. Morgen werde ich in die Stadt gehen und sie besuchen. Vielleicht finde ich ein paar Brombeeren, die könnte ich ihr sozusagen als Leckerei mitbringen.»

«Gorsley Bottom», sagte Rosie. «Da sind sie besonders groß und saftig.»

«Aha! Wenn ich wüßte, wo das ist ...» sagte Fred vorsichtig.

«Vielleicht zeigt Rosie es Ihnen morgen früh, wenn sie Zeit hat», sagte Mrs. Hedges, die den jungen Mann allmählich sehr sympathisch fand.

Natürlich hatte Rosie am nächsten Morgen Zeit, und sie zeigte Fred die Brombeerstelle und half ihm beim Pflücken. Als er dann aus Andover zurückkam, berichtete er, Mary habe die Beeren mit Genuß verspeist, und er zweifle nicht daran, daß sie, wenn sie sprechen könnte, ihren besonderen Dank senden würde. Es gibt nichts Rührenderes als die Dankbarkeit eines stummen Tieres, und Rosie konnte einfach nicht anders, als Fred jeden Morgen zu begleiten und ihm beim Beerenpflücken für das invalide Schwein zu helfen.

Bei diesen Ausflügen erzählte Fred ihr noch mehr von Mary, einiges über seinen Wohnwagen und ein bißchen von sich. Sie merkte, daß er in manchen Dingen sehr selbstsicher und beschlagen, in anderen aber unglaublich schüchtern und einfältig war. Das, meinte sie, sei ein Zeichen dafür, daß er ein gutes Herz hatte.

Die Woche verging wie im Fluge, und plötzlich kamen sie zum letztenmal von Gorsley Bottom zurück. Fred sagte, er werde Ufferleigh und die hübsche Zeit, die er hier verlebt hatte, nie vergessen.

«Sie sollten uns mal eine Postkarte schreiben, wenn Sie wieder auf Reisen sind», sagte Rosie.

«Das ist eine gute Idee», sagte er. «Ja, das werde ich tun.»

«Ja, bitte», sagte Rosie.

«Ja, das werde ich tun», sagte er noch einmal. «Wissen Sie, ich war ganz verzagt, wenn ich an die Abreise dachte, aber jetzt möchte ich halb und halb, ich wäre schon wieder unterwegs. Damit ich Ihnen gleich die Karte schreiben könnte.»

«In diesem Fall könnten Sie auch einen Brief schreiben», sagte Rosie, ohne ihn anzusehen.

«O ja!» sagte er. «Und wissen Sie, was ich gern unter den Brief setzen würde? Das heißt, wenn Sie meine junge Dame wären. Aber das sind Sie natürlich nicht. Ich habe nie so was gehabt.»

«Was?» fragte Rosie.

«Eine junge Dame», antwortete er.

«Und was würden Sie daruntersetzen?» fragte sie.

«Oh!» sagte er. «Was ich daruntersetzen würde? Ja, wissen Sie, was ich daruntersetzen würde? Wenn – wohlgemerkt, *wenn* –, wenn Sie meine junge Dame wären?»

«Nein», sagte sie, «was denn?»

«Ich glaube, ich sage es Ihnen lieber nicht.»

«Nun sagen Sie schon. Sie werden doch keine Angst haben.»

«Also gut», sagte er. «Aber vergessen Sie nicht: nur *wenn*.» Und er malte mit seinem Stock drei Kreuze in den Sand.

«Wenn ich die junge Dame von jemand wäre», sagte Rosie, «dann würde ich daran nichts Schlimmes finden. Schließlich muß man mit der Zeit gehen.»

Danach sagte keiner von beiden ein Wort, und sie hatten dafür die besten Gründe der Welt: erstens konnten sie nicht, und zweitens war es nicht notwendig. Mit feuerroten Gesichtern, die Herzen von qualvollem Glück erfüllt, gingen sie weiter.

Fred hatte eine Unterredung mit Mrs. Hedges, die von Anfang an einen Narren an ihm gefressen hatte. Zwar hatte sie ihr Leben lang auf fahrendes Volk herabgesehen, und wahrscheinlich hätte sie jeden erschlagen, der auch nur angedeutet hätte, sie würde ihre Tochter in solche Kreise einheiraten lassen. Aber was recht war, mußte recht bleiben: dieser Fred Baker war anders, das konnte ein Blinder sehen. Er hatte immer für sich gelebt, fast zu sehr, denn aus dem, was er so sagte, merkte man, daß er so unschuldig war wie ein neugeborenes Kind. Außerdem waren einige honorige Leute im Dorf sich darin einig, daß seine ehrgeizigen Pläne für sein Schwein Mary keineswegs unberechtigt waren. Jeder hatte schon einmal von solchen begabten Geschöpfen gehört, die in den besten Großstadthotels auf schneeweißem Linnen schliefen, Champagner wie Milch tranken und ihren glücklichen Besitzern in der Woche zehn, vielleicht sogar zwanzig Pfund einbrachten.

Mrs. Hedges gab also lächelnd ihre Einwilligung, und Rosie wurde wirklich und in aller Form Freds richtige junge Dame. Er würde während des Winters soviel Geld zurücklegen, wie er konnte, während sie nähen und singen würde. Wenn er dann im Frühjahr zurückkam, wollten sie heiraten.

«Zu Ostern», sagte er.

«Nein», sagte Mrs. Hedges, an den Fingern nachrechnend. «Im Mai. Dann können die Leute nicht reden. Wohnwagen hin, Wohnwagen her.»

Fred hatte keine Ahnung, was sie meinte, denn er hatte so lange allein gelebt, daß ihn niemand über gewisse Dinge aufgeklärt hatte, die jeder junge Mann wissen sollte. Er sagte sich jedoch, daß diese kurze Verlobungszeit für Ufferleigh etwas ungewöhnlich sei und ein großes Zugeständnis an das im Vergnügungsgewerbe übliche Tempo bedeute: er erklärte sich also respektvoll mit allem einverstanden und begab sich auf die Reise.

Meine liebste Rosie,

also hier sind wir in Painswick nachdem wir einen guten Samstagabend in Evesham gehabt haben. Mary gescheiter denn je, das ist ja selbstverständlich, buchstabiert jetzt vier neue Wörter, sechsunddreißig insgesamt, und wenn ich jetzt sage, na, Mary, wie gefällt es dir in Painswick oder Evesham oder sonstwo, dann klopft sie schnell hintereinander G-U-T. Sie ist bei bester Gesundheit, und hoffe ich von Dir dasselbe. Scheint jedes Wort zu verstehen, das ich sage, wird von Tag zu Tag menschlicher. So, jetzt muß ich wohl unser bißchen Abendessen fertig machen, sie schreit immer danach, besonders wenn ich an Dich schreibe.

In treuer Liebe
Fred XXX

Im Mai standen alle Apfelbäume in Blüte, so daß es eine richtige Apfelblüten-Hochzeit wurde, die in jener Gegend als Garantie für eine blühende Zukunft gilt. Danach nahmen sie den Bus zur Marktstadt, um den in einem Hof abgestellten Wohnwagen abzuholen. Unterwegs bat Fred seine junge Frau, einen Augenblick zu warten; er verschwand in einem Konditorladen und kam mit einer riesigen Schokoladenpackung wieder heraus. Rosie strahlte vor Freude übers ganze Gesicht. «Für mich?» fragte sie.

«Ja», antwortete er. «Das sollst du ihr geben, sobald sie dich erblickt. Schokolade ist ihre schwache Seite. Ich möchte, daß ihr zwei richtig gute Kameraden werdet.»

«Ist schon recht», sagte Rosie. Sie war das gutmütigste Mädchen der Welt.

Gleich darauf bogen sie in den Hof ein, und da stand der Wohnwagen. «Oh, ist der aber hübsch!» rief Rosie.

«Jetzt wirst du sie sehen», sagte Fred.

Beim Klang seiner Stimme erhob sich im Wagen ein hohes Gequiek.

«Da sind wir, alte Dame», sagte Fred, die Tür öffnend. «Das ist eine Freundin von mir, die mit für dich sorgen wird. Sieh mal, was sie dir Schönes mitgebracht hat!»

Rosie sah ein mittelgroßes, fleischfarbenes, sauberes Schwein mit einem eleganten Halsband. Es hatte kleine Augen mit etwas berechnendem Ausdruck. Rosie bot ihre Schokolade an, die ohne besonders überschwengliche Anerkennung akzeptiert wurde.

Fred spannte das alte Pferd an, und bald zuckelten sie die langgestreckten Hügel hinauf, gen Westen. Rosie saß vorn neben Fred; Mary hielt ihren Mittagsschlaf. Bald begann der Himmel hinter der fernen Hügelkuppe, wo die Straße den Wald teilte, sich zu röten. Fred bog in einen Grasweg ein, und sie schlugen ihr Lager auf.

Er machte Feuer im Herd, und Rosie setzte die Kartoffeln auf. Das Schälen war eine große Arbeit, denn Mary konnte gar nicht genug davon kriegen. Rosie schob einen mächtigen Reispudding in den Herd, und bald war das Essen fertig.

Fred deckte den Tisch. Er legte drei Gedecke auf.

«Nanu!» sagte Rosie.

«Was denn?» fragte Fred.

«Ißt sie mit uns am Tisch?» fragte Rosie. «Ein Schwein?»

Fred wurde sehr blaß. Er winkte ihr, und sie gingen hinaus. «So etwas darfst du nicht sagen», sagte er. «Sie wird sich nie mit dir anfreunden, wenn du so etwas sagst. Hast du nicht ihren Blick gesehen?»

«Doch, ja», sagte Rosie. «Trotzdem ... Na ja, ist schon gut, Fred. Es macht mir wirklich nichts aus. Ich dachte nur ...»

«Wart's nur ab», sagte Fred. «Du denkst an gewöhnliche Schweine. Mary ist anders.»

Gewiß, Mary aß verhältnismäßig manierlich. Aber der Blick, mit dem sie Rosie unter ihren seidigen, strohfarbenen Wimpern hervor ein paarmal ansah, war entschieden sonderbar, und den Reispudding schob sie mit der Nasenspitze ein bißchen auf dem Teller herum.

«Was ist denn los, Alte?» sagte Fred. «Hat sie nicht genug Zucker in den Pudding getan? Schadet nichts – beim erstenmal kann nicht alles vollkommen sein.»

Mary zog sich mit einem etwas ärgerlichen Rülpser in ihre Koje zurück.
«Wollen wir nicht hinausgehen und uns den Mond ansehen?» meinte Rosie.

«Könnten wir eigentlich», sagte Fred. «Wir bleiben nicht lange, Mary. Wir gehen höchstens bis zu dem Tor unten am Weg.» Mary grunzte mürrisch und kehrte das Gesicht zur Wand.

Rosie und Fred gingen hinaus und lehnten sich über das Tor. Wenigstens der Mond war so, wie er sein sollte.

«Komisch, verheiratet zu sein und das alles», sagte Rosie.

«Kommt mir ganz richtig vor», sagte Fred.

«Weißt du noch die Kreuze, die du damals auf der Straße in den Staub gezeichnet hast?» fragte Rosie.

«Und ob ich weiß», sagte Fred.

«Und all die Kreuze in deinen Briefen?» fragte Rosie.

«Ja, alle», sagte Fred. «Ich erinnere mich an jedes einzelne.»

«Sie bedeuten Küsse, heißt es», sagte Rosie.

«Ja, so heißt es», sagte Fred.

«Du hast mich noch nicht einmal geküßt, seit wir verheiratet sind», sagte Rosie. «Tust du's nicht gern?»

«O doch», sagte Fred. «Nur weiß ich nicht ...»

«Was?» fragte Rosie.

«Mir wird so komisch zumute, wenn ich dich küsse», sagte Fred. «Als ob ich dich ...»

«Was?» fragte Rosie.

«Ich weiß nicht», sagte Fred. «Als ob ich dich auffressen wollte oder – ach, ich weiß nicht.»

«Versuch's doch mal, vielleicht kriegst du's raus», sagte Rosie.

Ein köstlicher Moment folgte. Mitten drin erhob sich im Wohnwagen ein durchdringendes Quieken. Fred fuhr zusammen wie angeschossen.

«Ach du meine Güte!» rief er. «Sie wundert sich, wo wir so lange bleiben. Ich komme schon, Alte! Bin schon da! Es ist Zeit zum Schlafengehen für sie, weißt du. Da bin ich schon, gleich decke ich dich zu.»

Mary ließ sich mit etwas verdrossener Miene von ihm zudecken, während Rosie danebenstand. «Ich glaube, wir machen lieber das Licht aus», sagte Fred. «Sie braucht viel Schlaf, weißt du, wie alle Kopfarbeiter.»

«Und wo schlafen *wir*?» fragte Rosie.

«Ich habe heute früh die Koje schön für dich zurechtgemacht», sagte Fred. «Ich, ich werde unten pennen. Hab mir einen Sack voll Stroh besorgt.»

«Aber ...» sagte Rosie. «Aber ...»

«Aber was?» fragte er.

«Ach, nichts», sagte sie. «Gar nichts.»

Sie gingen schlafen. Rosie lag ein bis zwei Stunden wach und dachte – ich weiß nicht, was. Vielleicht dachte sie, wie reizend es sei, daß Fred all die Jahre so einfach gelebt hatte und so schüchtern und einsiedlerisch geblieben war, daß er trotzdem so vieles wußte und dann wieder so unschuldig war, daß er sich nie in schlechte Gesellschaft begeben hatte ... Es läßt sich unmöglich sagen, was sie dachte.

Zum Schluß döste sie ein, wurde aber bald von einem Ton geweckt, als spielte der Teufel den Dudelsack. Sie fuhr entsetzt hoch. Es war Mary.

«Was gibt's denn? Was gibt's denn?» kam Freds Stimme von unten – wie die des Geistes im *Hamlet*. «Gib ihr ein bißchen Milch», rief er.

Rosie goß Milch in eine Schüssel. Solange Mary trank, hörte sie mit ihrem höllischen Gezeter auf, aber kaum hatte Rosie das Licht ausgeblasen und sich wieder hingelegt, da fing sie wieder an, hundertmal schlimmer als zuvor.

Unter dem Wohnwagen rumpelte es, und Fred erschien, halb angezogen und Strohhalme im Haar, in der Tür.

«Sie *will* eben, daß ich komme», sagte er ehrlich bekümmert.

«Kannst du – kannst du dich nicht hier hinlegen?» sagte Rosie.

«Was? Und du schläfst unten?» fragte Fred verblüfft.

«Ja», sagte Rosie nach einer ziemlich langen Pause. «Und ich schlafe unten.»

Fred war von Dankbarkeit und Gewissensbissen überwältigt, und Rosie konnte nicht anders: er tat ihr leid. Sie brachte sogar ein Lächeln zustande, bevor sie hinausging, um schlecht und recht auf dem Strohsack zu schlafen.

Am nächsten Morgen wachte sie recht niedergeschlagen auf. Ein kolossales Frühstück für Mary mußte zubereitet werden; danach zog Fred sie beiseite.

«Paß auf», sagte er. «So geht es nicht. Ich kann dich nicht auf der Erde schlafen lassen, schlimmer als die Zigeuner. Ich will dir sagen, was ich tun werde. Ich werde wieder als Akrobat arbeiten. Früher habe ich damit sehr schön verdient, und ich mache es gern. Handstand, doppelter Salto, ein paar Zauberkunststücke – so was kommt immer an. Nur bin ich nicht mehr in Übung, weil ich für Mary sorgen mußte. Aber wenn du mir das abnimmst, könnten wir zwei Nummern machen, und dann würden wir bald ein schönes Stück Geld beisammen haben. Und dann ...»

«Ja?» fragte Rosie.

«Dann», sagte Fred, «könnte ich für dich einen Anhänger kaufen.»

«Gut», sagte Rosie und wandte sich ab. Plötzlich drehte sie sich mit flammendem Gesicht wieder zu ihm. «Du magst ja viel von Schweinen verstehen», sagte sie bitter. «Und von Saltos und Zauberkunststücken und Körben und Besen und ich weiß nicht, was alles. Aber es gibt *eine* Sache, von der du *nichts* verstehst.» Damit ging sie hinaus, setzte sich hinter eine Hecke und weinte.

Nach einer Weile hatte sie sich wieder in der Gewalt und ging in den Wohnwagen zurück. Fred zeigte ihr, wie Mary morgens gebadet und dann enthaart wurde – das letztere verlangte große Handfertigkeit. Dann kam das Einreiben mit Kleopatra-Gesichtscreme – und nicht nur das Gesicht –, dann das Pudern, dann die Maniküre und das Polieren der Hufe.

Rosie war entschlossen, das Beste daraus zu machen, und überwand ihren Widerwillen; bald versah sie ihren Dienst als Viehmagd aufs beste. Zunächst war es ihr eine Erleichterung, daß das verwöhnte Schwein sich ohne Protest von ihr behandeln ließ. Dann aber bemerkte sie den hämischen Ausdruck in seinen Augen.

Doch sie hatte keine Zeit, darüber nachzugrübeln. Kaum war die Toilette beendet, mußte sie die enorme Mittagsmahlzeit vorbereiten. Nach dem Essen machte Mary ihren kleinen Spaziergang – außer samstags, wenn Nachmittagsvorstellung war –, und danach mußte sie sich ausruhen. Fred erklärte, sie habe es gern, während ihrer Siesta unterhalten und ein bißchen gekrault zu werden. Offensichtlich war Mary entschlossen, sich in Zukunft sehr viel kraulen zu lassen. Dann wurde sie massiert. Dann gab es Tee, darauf folgte noch ein kleiner Spaziergang oder die Abendvorstellung, je nachdem, wo man gerade war. Und dann war es Zeit fürs Abendessen. Nach so einem Tag war Rosie dankbar, wenn sie sich auf ihrem armseligen Strohsack zusammenrollen konnte.

Wenn sie an die Koje im Wohnwagen, an Fred und seine Einfalt dachte, wollte ihr das Herz brechen. Das einzig Tröstliche war, daß sie ihn so zärtlich liebte. Wenn es ihr gelänge, sich bald einmal eine Stunde mit ihm allein zu stehlen, und wenn sie ihn dazu bringen könnte, sie wieder ein bißchen zu küssen – vielleicht würde ihm dann ein Licht aufgehen, das die Finsternis seiner allzu großen Unschuld erhellte.

Täglich lauerte sie auf diese Stunde, aber sie kam nicht. Dafür sorgte Mary. Ein- oder zweimal schlug Rosie einen kleinen Spaziergang vor, aber sofort verlangte das hassenswerte Schwein grunzend dies oder das, und damit war sie dann vollauf beschäftigt, bis es zu spät war. Fred seinerseits hatte genug mit seinem Training zu tun. Er meinte es so gut und arbeitete so schwer – aber wofür? Für einen Anhänger!

Die Tage gingen dahin, und sie wurde mehr und mehr zur Sklavin des anmaßenden Grunztieres. Ihr Rücken schmerzte, ihre Hände wurden rot und rissig, nie hatte sie einen Augenblick Zeit, sich nett herzurichten, nie einen Augenblick des Alleinseins mit ihrem Liebsten. Ihr Kleid war fleckig und verschmutzt, sie lächelte nicht mehr und wurde von Tag zu Tag gleichgültiger. Ihr hübsches Haar hing in wirren Strähnen wie bei einem Waldschrat, und sie hatte weder Zeit noch Lust, sich zu kämmen.

Sie versuchte eine Aussprache mit Fred herbeizuführen, aber es kam nur zu Mißverständnissen und schließlich zu heftigen Worten. Er bemühte sich, ihr durch zahlreiche kleine Dinge zu zeigen, daß er sie liebte, aber das erschien ihr wie der reine Hohn, und sie fertigte ihn kurz ab. Als er dann diese kleinen Aufmerksamkeiten unterließ, glaubte sie, er liebte sie nicht mehr. Schlimmer noch: sie glaubte ihn nicht mehr zu lieben.

So verging der ganze Sommer, und alles wurde immer schlimmer, und man hätte sie wirklich für eine Zigeunerin halten können.

Wieder war es Brombeerzeit; Rosie fand ein Dickicht, voll von reifen Früchten. Als sie eine Beere probierte, wurde ihr Herz von Erinnerungen überflutet. Sie ging zu Fred und sagte: «Fred, die Brombeeren sind wieder reif. Ich habe dir ein paar mitgebracht.» Sie hielt ihm in ihrer schmuddeligen Hand ein paar Beeren hin. Fred nahm sie und kostete, und sie wartete gespannt auf die Wirkung.

«Ja», sagte er, «sie sind reif. Davon wird sie kein Bauchgrimmen bekommen. Nimm sie heut nachmittag mit und pflück ihr welche.»

Rosie wandte sich wortlos ab, und nachmittags führte sie Mary über das Stoppelfeld an den Platz mit den reifen Beeren. Mary verzichtete diesmal ausnahmsweise auf ihre Bedienung und begann nach Herzenslust zu futtern. Da Rosie nichts Dringenderes zu tun hatte, setzte sie sich auf eine Böschung und schluchzte bitterlich.

Mitten in ihrer Trübsal hörte sie eine teilnahmsvolle Stimme. Sie blickte auf: ein dicker Bauer mit fidelem Gesicht und pfiffigen Augen stand vor ihr. «Wo fehlt's denn, mein Kind?» fragte er. «Haben Sie Hunger?»

«Nein», sagte sie, «ich hab's satt.»

«Was denn?» fragte er.

«Das Schwein!» antwortete sie schluchzend.

«Deswegen brauchen Sie doch nicht so zu heulen und zu schluchzen», sagte er. «Es gibt nichts Besseres als ein Stückchen vom Schwein. Daran verderbe ich mir gern jeden Tag den Magen.»

«Ich meine nicht Schweinefleisch», sagte sie. «Es ist ein Schwein. Ein lebendiges Schwein.»

«Haben Sie eins verloren?» fragte er.

«Hätte ich doch!» sagte sie. «Ich bin so unglücklich, daß ich mir keinen Rat mehr weiß.»

«Erzählen Sie mal, was haben Sie denn für Sorgen?» sagte er. «Ein bißchen Mitgefühl kann nicht schaden.»

Rosie erzählte ihm also von Fred und von Mary, was für Hoffnungen sie gehabt hatte und was daraus geworden war und daß sie nun die Sklavin dieses unverschämten, verwöhnten, eifersüchtigen Schweins war; sie erzählte ihm tatsächlich alles bis auf eine Kleinigkeit, die sie nicht über die Lippen brachte, auch nicht vor dem mitfühlendsten dikken Bauer.

Der Bauer schob sich den Hut über die Augen und kratzte sich sehr nachdenklich den Hinterkopf. «Also wirklich», sagte er, «das ist ja kaum zu glauben.»

«Es ist aber wahr», sagte Rosie, «jedes Wort.»

«Ich meine», sagte der Bauer, «ein junger Mann – ein junges Mädel – und das junge Mädel schläft unten auf einem Strohsack – ein so hübsches junges Mädel wie Sie. Richtig verheiratet und alles. Ich will ja nicht indiskret sein, junge Frau, aber sind denn die Kojen nicht breit genug, oder was?»

«Er weiß nichts», schluchzte Rosie. «Er weiß einfach nichts – wie ein Baby. Und sie läßt uns nicht eine Minute allein. Darum hat er nie Gelegenheit, dahinterzukommen.»

Der Bauer kratzte sich noch wütender den Kopf. Wenn er ihr tränenverschmiertes Gesicht ansah, konnte er kaum an ihren Worten zweifeln. Andererseits wollte es ihm nicht in den Kopf, daß ein Schwein so gescheit und ein junger Mann so dumm sein sollte. Aber gerade da kam Mary durchs Gebüsch getrabt, und ihr mit dem Saft der reifen Beeren beschmiertes Gesicht trug diesen selbstsüchtigen Ausdruck.

«Ist das Ihr Schwein?» fragte der Bauer.

«Ja», sagte Rosie, «ich führe sie gerade spazieren.»

Der pfiffige Bauer hatte sofort den Blick bemerkt, den das hochmütige Grunztier Rosie zugeworfen hatte, als es den Ausdruck «Ihr Schwein» hörte. Dieser Blick und Rosies hastiges, ängstliches Dementi überzeugten den ehrenwerten Mann von der Wahrheit der Geschichte, die er soeben gehört hatte.

«Sie führen sie also spazieren?» sagte er sinnend. «Tcha! Tcha! Tcha! Ich will Ihnen was sagen. Wenn Sie morgen um diese Zeit hier wären, könnten Sie *mich* auf einem Spaziergang treffen, und zwar mit einer Anzahl sehr lieber junger Freunde, die ihr sehr ähnlich sehen. Vielleicht könnte sie sich uns anschließen. Zwei junge Sauen, bildschön, obwohl vielleicht nicht ganz so schön wie diese. Drei stattliche junge Eber, strotzend von Gesundheit. Vielleicht sollte ich das nicht sagen, aber der eine ist ein richtiger Prinz, was ist das doch für ein schöner junger Eber!»

«Tatsächlich?» sagte Rosie.

«Wie gesagt, ein Prinz – sowohl dem Aussehen wie dem Stammbaum nach», sagte der Bauer. «Morgen haben sie nämlich Geburtstag, und da gehe ich mit ihnen rüber ins Dorf zu einer kleinen Feier. Aber diese junge Dame hat morgen vielleicht was anderes vor.»

«Gerade um diese Zeit muß sie ihren Mittagsschlaf halten», sagte Rosie, Marys ärgerliches Grunzen überhörend.

«Wie schade!» sagte der Bauer. «Sie hätte gerade noch bei der Gesellschaft gefehlt. Die werden sich amüsieren! Und was es da alles geben wird! Süße Äpfel, Kuchen, Biskuits, einen ganzen Eimer voll Eiscreme. Alles sehr elegant, natürlich, aber reichlich. Sie verstehen schon: wirklich reichlich. Und dieser junge Eber – na ja, Sie verstehen schon. Wenn sie *zufällig* vorbeikäme . . .»

«Ich fürchte, nein», sagte Rosie.

«Schade!» sagte der Bauer. «Na ja, ich muß jetzt weiter.»

Damit bot er ihnen guten Tag und zog sehr höflich den Hut vor Mary, die ihm lange nachsah und dann mürrisch, ununterbrochen vor sich hinschimpfend, nach Hause trottete.

Am nächsten Nachmittag konnte Mary es anscheinend gar nicht erwarten, sich in ihrer Koje auszustrecken, und statt wie sonst von Rosie eine Anzahl kleiner Dienstleistungen zu fordern, schloß sie sofort die Augen und schlief ein. Rosie benutzte die Gelegenheit, einen Eimer zu ergreifen und fortzugehen, um frische Milch für die Abendmahlzeit zu holen. Als sie zurückkam, sah sie Fred noch am Wegrand trainieren; sie ging um den Wohnwagen herum – und da stand die Tür weit offen, und die Koje war leer.

Sie rief Fred. Sie suchten überall. Sie suchten die Straßen ab, weil sie fürchteten, daß Mary vielleicht von einem Auto überfahren wäre. Sie gingen rufend durch den Wald und hofften, sie schlafend unter einem Baum zu finden. Sie spähten in Teiche und Gräben, hinter Heuhaufen und unter Brücken. Rosie dachte an das spaßige Gerede des Bauern, aber das wollte sie Fred nicht gern erzählen.

Sie riefen und riefen die ganze Nacht hindurch, kaum daß sie sich ein Stündchen zur Ruhe legten. Sie suchten den ganzen nächsten Tag über. Als es zu dunkeln begann, gab Fred die Hoffnung auf. Schweigend trabten sie zum Wohnwagen zurück.

Er setzte sich auf eine Koje und stützte den Kopf in die Hand.

«Ich werde sie nie wiedersehen», sagte er. «Bestimmt hat sie einer geklaut. Wenn ich so denke», sagte er, «all die Hoffnungen, die ich für dieses Schwein hatte . . . Wenn ich so denke», sagte er, «was du alles für sie getan hast! Und was sie dir bedeutet hat . . . Ich weiß, sie hatte ihre Charakterfehler», sagte er. «Aber das war ihre Künstlernatur. Das Temperament, das war es. Wenn man so eine Begabung hat ... Und nun ist sie fort!» sagte er. Und dann brach er in Tränen aus.

«Ach, Fred!» rief Rosie. «Weine doch nicht!»

Plötzlich spürte sie, daß sie ihn so innig liebte wie eh und je, sogar noch inniger. Sie setzte sich neben ihn und legte die Arme um seinen Hals. «Fred, mein Schatz, weine nicht!» sagte sie noch einmal.

«Ich weiß, es war schwer für dich», sagte Fred. «Das habe ich nicht gewollt.»

«Ist ja schon gut», sagte Rosie und gab ihm einen Kuß. Dann gab sie ihm noch einen. Seit langem waren sie einander nicht so nahe gewesen. Es gab nur sie beide in ihrem Wohnwagen, das kleine Lämpchen und draußen die dunkle Nacht, den großen Kummer und ihre Küsse.

«Laß mich nicht los», sagte Fred. «Es wird besser davon.»

«Ich laß dich nicht los», sagte Rosie.

«Rosie», sagte Fred. «Mir ist so ... Weißt du, wie mir ist?»

«Ich weiß», sagte sie. «Sprich nicht.»

«Rosie», sagte Fred, aber das war einige Zeit später. «Wer hätte das gedacht?»

«Ja, wahrhaftig, wer hätte das gedacht!» sagte Rosie.

«Warum hast du mir nichts gesagt?» fragte Fred.

«Wie konnte ich?» sagte sie.

«Weißt du», sagte er, «wir wären vielleicht nie – nie! – dahintergekommen, wenn sie nicht geklaut worden wäre.»

«Sprich nicht von ihr», sagte Rosie.

«Ich kann's nicht ändern», sagte Fred. «Vielleicht ist es gemein, aber ich kann's nicht ändern – ich bin froh, daß sie fort ist. Das ist es wert. Ich werde mit der Akrobatennummer genug verdienen. Außerdem werde ich wieder Besen machen. Und Töpfe und Pfannen.»

«Ja», sagte Rosie. «Aber sieh mal! Es ist schon Morgen. Du bist sicher müde, Fred – wo du gestern den ganzen Tag herumgerannt bist, bergauf, bergab. Du legst dich jetzt hin, und ich gehe ins Dorf und hole dir was Gutes zum Frühstück.»

«Na gut», sagte Fred. «Und morgen hole ich was für dich.»

Rosie ging also ins Dorf hinunter und kaufte Milch und Brot und so fort. Als sie beim Fleischerladen vorüberkam, sah sie eine Schüssel mit besonders frisch, prall und appetitlich aussehenden Schweinswürsten. Sie nahm ein paar davon mit und machte sie heiß, und sie rochen wirklich sehr gut.

«Das ist auch etwas, was wir nicht essen konnten, als sie noch hier war», sagte Fred, als er seinen Teller leergegessen hatte. «Nie und nie Schweinswürste, aus Rücksicht auf ihre Gefühle. Ich hätte nie gedacht, daß ich mich einmal freuen würde, daß sie geklaut worden ist. Ich hoffe nur, sie ist jetzt bei jemand, der sie zu schätzen weiß.»

«Das ist sie bestimmt», sagte Rosie. «Nimm doch noch etwas.»

«Ja, gern», sagte er. «Ich weiß nicht, ist es der Reiz der Neuheit oder die Art, wie du sie zubereitet hast, oder was sonst. Aber ich habe mein Leben lang noch keine so gute Wurst gegessen. Wenn wir mit ihr nach London gefahren wären – ich glaube, in den besten Hotels hätten wir keine so wohlschmeckende Wurst bekommen wie diese.»

In den Karten

Das Vascal-System ist die zuverlässigste, modernste und wissenschaftlichste Methode des Kartenlegens. Zwar kann der Kartenleger die eigene Zukunft nicht voraussagen, aber dieser Mangel scheint allen Methoden gemeinsam zu sein, und abgesehen davon sind die Erfolge des Vascal-Systems ganz erstaunlich.

Eine Frau, die in ihren Mußestunden das Vascal-System studiert hatte und ihrem Mann am Frühstückstisch die Karten legte, offenbarte ihm, er werde, wenn er zufällig nachmittags zwischen drei und fünf Uhr nach Hause führe, einen verhängnisvollen Zusammenstoß haben und zumindest einen schweren Schock erleiden. Jetzt läßt er sich regelmäßig von seiner Frau die Karten legen und kommt nie vor der von ihr als günstig bezeichneten Zeit nach Hause; infolgedessen ist er in der ganzen Nachbarschaft fast der einzige, der in letzter Zeit keinen schweren Schock erlitten hat.

Ein junges Mädchen, Inhaberin des Vascal-Diploms A, prophezeite ihrer noch jüngeren Schwester, sie werde am Abend etwas verlieren, was sie ihr Leben lang besessen hatte, und zwar durch einen großen, dunklen Mann; dieser Verlust werde sie zwar anfangs ein wenig bekümmern, letztlich jedoch zu dauernder Zufriedenheit und Glückseligkeit führen. Und siehe da, die jüngere Schwester hatte an diesem Abend eine Verabredung mit einem unbekannten Herrn und ging in solcher Eile aus dem Haus, daß sie vergaß, die Tür hinter sich abzuschließen. Ein Einbrecher stahl ihr Babykettchen aus Zuchtperlen, und es gelang ihr, bei der Versicherung mindestens dreimal soviel herauszuschlagen, als das billige, kleine Ding wert war. Von diesem Geld kaufte sie sich jene Straßagraffe, durch die ihr jetziger Verlobter, Mr. Jerry Horrabin, zum erstenmal auf sie aufmerksam wurde.

Mr. Brewster, der den Vascal-Kursus erst zur Hälfte absolviert hatte, legte seiner Frau die Karten; er riet ihr ab, abends ins Theater zu gehen, weil das Stück miserabel sei. Sie ging doch, und das Stück war wirklich miserabel.

Diese und unzählige andere freiwillige Gutachten brachten Myra Wilkins zu der Überzeugung, daß sie nichts besseres tun könne, als diese Methode zu studieren. Sie verfolgte dabei einen ganz bestimmten Plan.

Früher oder später, so sagte sie sich, würde unter den zahlreichen jungen Herren, die sie als Kartenlegerin konsultierten, einer sein, dem sie prophezeien konnte, daß ihm in nächster Zukunft ganz unerwartet ein ansehnliches Vermögen in den Schoß fallen würde. Freilich beabsichtigte sie nicht, den glücklichen jungen Mann durch die Mitteilung dieser Zukunftsaussicht zu verwirren; sie gedachte ihn vielmehr vor Cœur- und Karoköniginnen, die seinen Lebensweg kreuzen könnten, zu warnen und ihn mit sanfter Hand zur Heirat mit einer hochwertigen Pikdame zu führen, denn Myra war eine Brünette.

Sie bestand höchst ehrenvoll ihre Prüfung und ließ sich in einer düsteren, kleinen Bude in den westlichen Vierziger Straßen nieder. Im Stockwerk unter ihr befand sich eine Tanzschule, mit deren Leiterin sie bekannt war. Sie stellte sich vor, daß jungen Männern, die plötzlich Tanzunterricht nahmen, viel daran liegen müsse, etwas über ihre Zukunft zu erfahren, und hoffte, daß die Tanzschüler ihre ersten Kunden sein und andere nach sich ziehen würden.

Das wenige Kapital, über das Myra verfügte, wurde für die Einrichtung ihres Schlupfwinkels aufgebraucht, für Perlenvorhänge, Zauberkugeln, Buddha-Standbilder und ähnlichen Trödel, der eine die Besucher überzeugende Atmosphäre schaffen sollte. Sie verlangte einen sehr niedrigen Preis, um einen möglichst weiten Kundenkreis anzulocken, der ihr größere Chancen bot, den künftigen Millionär zu finden.

So mischte sie denn ihre schmierigen Karten, legte sie für unzählige unbedeutende junge Herren und prophezeite ihnen bis ins einzelne eine Zukunft, die kaum besser war als die Vergangenheit, zu der sie natürlich eines Tages werden würde. Was das zu erwartende Vermögen anging, so glich das Ganze einem Patiencespiel, das nie aufgeht. Im allgemeinen lag der künftige Reichtum ihrer Kunden irgendwo um die Karozwei herum, überschattet von Arbeit und Sorgen wie von einem Groß-Schlemm.

Die Monate gingen dahin und wurden zu Jahren, und auf der Zauberkugel und dem Buddha-Standbild lag dicker Staub. Myra hatte nichts als ihre Träume von künftigem Reichtum, die allmählich – gleich einem alten Messer – die Schärfe einer Rasierklinge annahmen. Schließlich eines Spätnachmittags, als die Schatten der Trübsal besonders düster waren, knarrte die Treppe unter schweren Schritten, und eine massige Gestalt versuchte an vier Stellen auf einmal durch den Perlenvorhang in ihr kleines Gelaß einzudringen.

Der neue Kunde war sehr häßlich, und eine wohlhabendere Wahrsagerin hätte ihn wahrscheinlich geradewegs in den Zoo geschickt. Myra konnte jedoch auf keinen Dollar verzichten und begann unlustig ihre Karten auszulegen. Die Treffzwei bewegte sich recht aktiv im Vordergrund, und der ganze Zusammenhang verlieh ihr die Bedeutung eines polizeilichen Gummiknüppels. Myra sah, daß dem Mann beim Besuch eines großen Gebäudes mit vielen fremdartig gekleideten Männern eine Gefahr drohte, aber sie sah auch unbestimmte Einflüsse, die auf einen Aufschub dieser Notlage hindeuteten.

Plötzlich wäre ihr fast ein Schrei entschlüpft, den sie jedoch noch rechtzeitig unterdrückte. Es war, als hätte seine Zukunft, dunkel wie ein Kannibalenhäuptling, gelächelt und dabei einen Goldzahn sehen lassen. Nach Vascal stand es unwiderruflich fest, daß dieser junge Mann durch den Tod einer sehr nahestehenden Person ein ansehnliches Vermögen zu erwarten hatte.

«Haben Sie Verwandte?» fragte sie. «Ich meine, nahe Verwandte, die in guten Verhältnissen sind?»

«Nein», antwortete er. «Es sei denn, Onkel Joe hätte nicht alles verjubelt, bevor sie ihn erwischt haben.»

«Das muß es sein», dachte sie, und sie sagte: «Nun, das ist unwichtig. Ich sehe kein Anzeichen dafür, daß irgendein Onkel Ihnen irgend etwas hinterlassen könnte. Diese Karte bedeutet Geldsorgen. Diese hier bedeutet, daß Sie von einer blonden Dame hintergangen werden. Außerdem sieht es nach einer Prügelei aus. Was diese beiden Männer in Uniform machen, weiß ich nicht.»

Sie plapperte weiter und legte ihre Karten aus, während es in ihrem Kopf zuging wie in einem Zirkus mit drei Manegen. In der einen Manege erfand sie das, was sie dem Besucher erzählte, in der zweiten las sie die Zukunft so, wie die Karten sie wirklich verkündeten, und in der dritten überlegte sie, wie sie sich verhalten solle.

Noch einmal musterte sie verstohlen ihren reizlosen Kunden. Das Vermögen belief sich, soweit sie sehen konnte, auf mehr als eine Million. Andererseits konnte man diesen Besucher kaum einen Menschen nennen. Myra hatte keine romantische Liebesgeschichte erwartet, aber es gibt nun einmal Dinge, vor denen ein anständiges Mädchen zurückschreckt, und dazu gehörte dieser Mann.

Während sie grübelte, fuhr sie mechanisch fort, die Karten auszulegen. Plötzlich leuchteten ihre Augen auf. Sie sah noch einmal hin. Ja, es stimmte. All ihre Sorgen hatten ein Ende. Die Karten besagten ohne jeden Zweifel, daß dieser Mann wenige Monate nachdem er das Geld geerbt hatte, infolge eines plötzlichen heftigen Schocks sterben werde. Damit wurde er zu einem durchaus annehmbaren Heiratskandidaten.

Myra begann unverzüglich zu manövrieren. «Mir scheint, daß Sie an einem Kreuzweg stehen», sagte sie. «Der eine Weg führt zu Elend, Armut, Krankheit, Verzweiflung, Gefängnis ...»

«Ich nehme den anderen», sagte der junge Mann.

«Das beweist Ihre gute Urteilskraft», sagte Myra. «Aber ich muß Ihnen sagen: so leicht ist die Sache nicht. Den anderen Weg, der zu Reichtum und Glück führt, kann man nur Hand in Hand mit einer braven Frau gehen. Kennen Sie eine brave Frau?»

«Ach, woher denn!» sagte der Kunde bekümmert.

«Wie schade!» sagte Myra. «Wenn Sie nämlich so eine kennten – eine brave Frau mit dunklem Haar, einigermaßen gutem Aussehen und Schuhgröße fünf –, dann brauchten Sie diese bloß zu heiraten, und Sie hätten für Ihr ganzes Leben ausgesorgt. Sie würden sehr reich werden. Sehen Sie – hier liegt es. Geld, Geld, Geld – und zwar von jemand, der Ihnen sehr nahesteht. Aber nur, wenn Sie so ein Mädchen heiraten. Sehen Sie – diese Karte heißt, daß Sie im Waldorf verkehren, und diese – sehen Sie – bedeutet eine Reise nach Palm Beach. Hier sehe ich Sie in Saratoga, und hier – du meine Güte! – haben Sie auf ein mächtig gutes Pferd gesetzt!»

«Sagen Sie, meine Dame», unterbrach er sie, «welche Schuhgröße haben *Sie* denn?»

«Ach», sagte Myra lächelnd, «zur Not kann ich mich in einen Vierer quetschen. Aber für gewöhnlich . . .»

«Paß auf, Kleine», sagte er, ihre Hand ergreifend. «Wir zwei gehören zusammen. So! Verstehst du?» Damit streckte er die andere Hand aus und kreuzte zwei Finger als Sinnbild ehelichen Glückes.

Myra schauderte es, aber sie beherrschte sich und dachte: «Wenn er tot ist, bin ich Millionärin und kann mir, um zu vergessen, einen jungen Filmstar angeln.»

Bald darauf waren sie verheiratet. Sie zogen in ein baufälliges Häuschen in einer wenig anziehenden Gegend von Long Island, denn Lew hatte anscheinend gute Gründe dafür, in unauffälliger Zurückgezogenheit zu leben. Myra fuhr täglich in die Stadt und plagte sich schwerer denn je mit ihren schmierigen Karten, um ihn und sich zu erhalten, bis daß der Tod sie einst scheiden und sie als reiche Witwe zurücklassen würde.

Als die Zeit verging und das prophezeite Vermögen noch immer nicht in Erscheinung trat, mußte sie die bitteren Vorwürfe ihres ungeschlachten Gatten einstecken, denn sein verkümmerter Geist war so ungeduldig wie der eines Kindes, und er begann zu fürchten, sie hätte ihn unter Vorspiegelung falscher Tatsachen in die Ehe gelockt. Außerdem neigte er ein wenig zum Sadismus.

«Vielleicht bist du doch nicht die richtige Dame», sagte er, und dabei kniff er sie braun und blau. «Vielleicht hast du gar nicht Schuhgröße fünf. Vielleicht hast du sechs. Weißt du was? Wir lassen uns scheiden und ich heirate eine andere dunkle Dame. Das Geld kommt doch nicht, und du hast sowieso lauter braune und blaue Flecken. Ich mag keine Dame mit braunen und blauen Flecken. Komm, lassen wir uns scheiden.»

«Ich denke nicht dran», sagte sie. «Ehen werden im Himmel geschlossen – das ist mein fester Glaube.»

Dann fingen sie an zu streiten, denn er behauptete, er könne das Gegenteil beweisen. Wenn sein primitiver Verstand schließlich nicht mehr weiter wußte, schleuderte er sie mit einem Fluch auf die Erde und ging in den Garten; dort grub er ein tiefes, tiefes Loch, in das er lange hineinstarrte, und dann schüttete er es wieder zu.

Das ging ein paar Monate so weiter, und Myra selbst begann sich zu fragen, ob das Vascal-System sie womöglich im Stich gelassen habe. «Wer weiß, vielleicht kriegt er dieses Geld nie. Dann sitze ich da – mit einem Orang-Utan verheiratet, für den ich noch dazu arbeite! Vielleicht wäre es doch besser, sich scheiden zu lassen.»

Diese defätistischen Überlegungen erreichten ihren Höhepunkt an einem düsteren Winterabend, als sie von der Fähre nach Hause trottete und im dunklen Garten in so ein großes Loch stolperte, das ihr Mann gegraben hatte. «Das schlägt dem Faß den Boden aus», dachte sie.

Als sie die ärmliche Küche betrat, empfing Lew sie mit ungewöhnlich freundlichem Lächeln. «Guten Abend, Schatz», sagte er. «Wie geht's denn meinem geliebten Weibchen?»

«Spar dir den Schatz», antwortete sie barsch. «Und das geliebte Weibchen auch. Was ist denn mit dir los, du dicker Gorilla? Mein Entschluß ist gefaßt: ich willige in die Scheidung ein.»

«Sag doch nicht so was, Süße», sagte er. «Ich hab ja bloß Spaß gemacht. Nie würde ich mich von dir scheiden lassen, um keinen Preis der Welt.»

«Nein, aber ich mich von dir», erwiderte sie. «Und zwar schnell.»

«Dafür braucht man einen Scheidungsgrund», bemerkte ihr Mann stirnrunzelnd.

«Den habe ich», sagte sie. «Wenn ich dem Richter meine braunen und blauen Flecken zeige, werde ich sofort geschieden. Ich bin fein raus.»

«Paß auf», sagte er. «Lies mal diesen Brief, der für dich gekommen ist. Vielleicht überlegst du dir's dann.»

«Wie kommst du dazu, meinen Brief aufzumachen?» sagte Myra.

«Ich wollte wissen, was drinsteht», antwortete er mit größter Offenheit. «Nun lies ihn schon.»

«Onkel Ezra», rief Myra, als sie einen Blick in den Brief geworfen hatte. «Er hat anderthalb Millionen Dollar hinterlassen! Alles für mich! Meine Güte, der alte Knochen muß es weit gebracht haben! Aber hör mal, da muß ein Fehler in den Karten sein. Du solltest doch die Erbschaft machen.»

«Ist doch egal», sagte Lew, ihr den Nacken streichelnd. «Mann und Weib sind doch eins, nicht wahr?»

«Nicht mehr lange», rief Myra triumphierend. «Jetzt bin ich reich! Jetzt bin ich frei! Oder ich werde es bald sein.»

«Und was soll *ich* machen?» fragte ihr Mann.

«Geh raus, klettre auf einen Baum, wo du hingehörst», versetzte Myra.

«Dacht ich mir's doch, daß du so was sagen würdest», sagte er, die Hände fest um ihren Hals legend. «Einen Dollar hast du mir aus der Nase gezogen – für dein Vermögen, was? Na schön, wenn du mir unrecht tun willst, dann sollen die Karten wenigstens recht behalten. Tod einer sehr nahestehenden Person – hieß es nicht so? Sie hatten also doch recht!»

Myra hatte keinen Atem mehr, und so konnte sie weder Zeugnis für das Vascal-System ablegen, noch ihren Mann vor dem plötzlichen heftigen Schock warnen, der ihn erwartete.

Traumdeutung

Ein junger Mann betrat das Sprechzimmer eines bekannten Psychiaters, an den er folgende Worte richtete: «Herr Doktor, retten Sie mich!»

«Selbstverständlich», antwortete der Seelenspezialist zuvorkommend. «Dafür bin ich schließlich da.»

«Aber Sie können es nicht», rief der junge Mann heftig erregt. «Sie können nicht! Nichts kann mich retten!»

«Jedenfalls wird es nichts schaden», sagte der Psychiater beschwichtigend, «einmal darüber zu sprechen.»

Er winkte dabei kaum merklich mit den Händen, sah den jungen Mann mit einem etwas öligen, einschmeichelnden Lächeln an, und ehe dieser wußte, wie ihm geschah, saß er, das Gesicht voll beleuchtet, in einem tiefen Armsessel und sprudelte seine Geschichte hervor.

«Mein Name ist Charles Rotifer», erzählte er. «Ich bin bei einem Wirtschaftsprüfer angestellt, dessen Büro sich im obersten Stock dieses Wolkenkratzers befindet. Ich bin achtundzwanzig Jahre alt, noch unverheiratet, aber verlobt. Meine Verlobte ist das liebste und beste Mädchen der Welt, schön wie ein Engel, mit herrlichem, goldblondem Haar. Ich erwähne das, weil es für meine Geschichte von Bedeutung ist.»

«Das ist es in der Tat», sagte der Psychiater. «Gold ist das Symbol für Geld. Wie ist Ihre Einstellung zum Geld? Trennen Sie sich ungern davon? Sie sagen zum Beispiel, daß Sie in einem Büro angestellt sind. Haben Sie von Ihrem Gehalt beträchtliche Ersparnisse gemacht?»

«Ja», antwortete der junge Mann. «Ich habe ein ganz hübsches Sümmchen gespart.»

«Bitte, fahren Sie fort, Mr. Rotifer», sagte der Psychiater wohlwollend. «Sie sprachen von Ihrer Verlobten. Später werde ich Ihnen zu diesem Thema ein paar ziemlich intime Fragen stellen müssen.»

«Und ich werde sie beantworten», gab der junge Mann zurück. «Es gibt in unserer Beziehung nichts, was ich verheimlichen müßte – jedenfalls einem Psychologen gegenüber. Zwischen uns herrscht volle Harmonie, und alles an ihr ist so, wie ich es mir wünsche – vielleicht bis auf ihre kleine Angewohnheit, beim Sprechen etwas zuviel zu gestikulieren.»

«Das werde ich mir notieren», sagte der andere und kritzelte etwas auf seinen Schreibblock.

«Es ist absolut unwichtig», sagte der junge Mann. «Ich weiß gar nicht, warum ich es erwähnt habe, es sei denn, um Ihnen einen Begriff von ihrer

Vollkommenheit zu geben. Aber, Herr Doktor, ich habe einen Traum gehabt – vor achtunddreißig Nächten.»

«Achtunddreißig, sieh mal an!» bemerkte der Seelenarzt, sich die Zahl notierend. «Sagen Sie mir ganz offen, haben Sie als kleines Kind vielleicht eine Kinderschwester oder Lehrerin oder eine weibliche Verwandte gehabt, die zufällig achtunddreißig Jahre alt war und der gegenüber Sie Komplexe haben könnten?»

«Nein, Herr Doktor», sagte der junge Mann, «aber dieser Wolkenkratzer hat neununddreißig Stockwerke.»

Der Psychiater musterte ihn mit durchdringendem Blick. «Und fällt Ihnen bei Form und Höhe dieses Gebäudes irgend etwas ein?»

«Nein», sagte der junge Mann störrisch, «ich weiß nur, daß ich geträumt habe, ich wäre außerhalb unseres Bürofensters in der Luft und fiele hinunter.»

«Sie fielen!» sagte der Psychiater, die Augenbrauen hebend. «Und was empfanden Sie in diesem Augenblick?»

«Ich war ganz ruhig», antwortete der junge Mann. «Ich stelle mir vor, daß ich mit normaler Geschwindigkeit fiel, aber mein Geist schien sehr schnell zu arbeiten. Ich konnte in Muße nachdenken und mich umsehen. Die Aussicht war prachtvoll. In einer Sekunde war ich bei den Ziersteinen zwischen unseren Fenstern und denen des nächsttieferen Stockwerks, und dann wachte ich auf.»

«Und dieser einfache, harmlose, völlig normale kleine Traum hat an Ihrer Seele genagt?» fragte der Psychiater in scherzendem Ton. «Nun, mein lieber Herr ...»

«Einen Augenblick», unterbrach ihn der Besucher. «In der folgenden Nacht hatte ich denselben Traum oder vielmehr eine Fortsetzung davon. Ich fiel mit ausgebreiteten Armen und Beinen – sehen Sie, *so* – an den Ziersteinen vorüber und blickte in das Fenster des darunterliegenden Stockwerks, das auch zu unserer Firma gehört. Ich sah meinen Freund Don Straker von unserer Steuerabteilung an seinem Schreibtisch sitzen. Er blickte auf. Er sah mich. Sein Gesicht nahm einen höchst erstaunten Ausdruck an. Er machte eine Bewegung, als wollte er aufstehen, zweifellos wollte er zum Fenster stürzen. Aber verglichen mit mir bewegte er sich unbeschreiblich langsam. Ich weiß noch, daß ich dachte: ‹Er wird zu spät kommen.› Dann fiel ich weiter bis zu der Trennlinie zwischen diesem Stockwerk und dem nächsttieferen, und dabei wachte ich auf.»

«Nun ja», sagte der Gehirndoktor. «Was haben wir hier? Ein Traum wird in der folgenden Nacht wiederaufgenommen. Das kommt sehr häufig vor.»

«Möglich», sagte der junge Mann. «Aber in der nächsten Nacht fiel ich an der Trennlinie zwischen diesem Stockwerk und dem nächsttieferen vorbei. Ich befand mich jetzt in halbliegender Stellung, das eine Bein leicht angezogen, wissen Sie, *so*.»

«Jaja», sagte der Psychiater, «ich verstehe schon. Sie brauchen es nicht zu demonstrieren. Um ein Haar hätten Sie meinen Aschenbecher umgeworfen.»

«Entschuldigen Sie», sagte der junge Mann. «Ich fürchte, ich habe mir das von Maisie angewöhnt. Maisie ist meine Verlobte. Wenn sie etwas beschreiben will, was sie gemacht hat, dann spielt sie es einem vor – wie ein Schauspieler. An dem Abend, an dem sie mir erzählte, wie sie auf dem vereisten Pflaster der zweiundsiebzigsten Straße ausgerutscht und hingefallen ist, haben wir uns verlobt. Na ja, wie gesagt, ich fiel noch ein Stockwerk tiefer und sah mich nach allen Seiten um. Die Hügel von New Jersey sahen herrlich aus. Eine hoch fliegende Taube begleitete mich ein Stückchen und betrachtete mich aus völlig ausdruckslosen, runden Augen. Dann legte sie sich in die Kurve und scherte aus. Unten auf der Straße konnte ich die Leute erkennen, oder vielmehr ihre Hüte, dicht an dicht wie schwarze Kiesel an einem Strand. Und noch während ich hinuntersah, wurden ein paar von diesen schwarzen Kieseln plötzlich weiß. Ich merkte, daß ich Aufsehen erregte.»

«Sagen Sie mal», warf der Psychiater ein, «Sie scheinen ziemlich viel Zeit zum Nachdenken gehabt zu haben. Hatten Sie eine Erinnerung daran, wieso Sie überhaupt fielen? Ob Sie sich zum Fenster hinausgestürzt hatten oder abgerutscht waren oder was sonst?»

«Das weiß ich wirklich nicht, Herr Doktor», sagte der junge Mann. «Es sei denn, daß mein letzter Traum, den ich letzte Nacht hatte, etwas Licht in die Sache bringt. Da habe ich mich fast ständig nur umgesehen, und dabei fiel ich natürlich immer schneller, aber dafür dachte ich auch schneller. Ich versuchte an etwas Wichtiges zu denken, denn ich wußte ja, daß es meine letzte Gelegenheit war. Zwischen dem siebzehnten und sechzehnten Stock machte ich mir zum Beispiel Gedanken über die Demokratie und die Weltkrise. Mir schien, daß die meisten Leute insofern einen großen Fehler machen, als ...»

«Vielleicht bleiben wir im Augenblick lieber bei dem Erlebnis selbst», sagte der Gehirndoktor.

«Gewiß», sagte der junge Mann. «Im fünfzehnten Stock blickte ich ins Fenster, und wirklich, ich hätte nie geglaubt, daß es so etwas gibt! Wenigstens nicht in einem Büro. Und am nächsten Tag, Herr Doktor, habe ich – rein aus Neugierde – eben diesem fünfzehnten Stock einen Besuch gemacht und festgestellt, daß dort eine Theateragentur ist. Ist das nicht eine Bestätigung meines Traums, Herr Doktor?»

«Beruhigen Sie sich», sagte der Psychiater. «Alle Firmen in diesem Gebäude sind auf der Namenstafel im Erdgeschoß verzeichnet. Sie haben zweifellos eine unbewußte Erinnerung daran, und die haben Sie geschickt in Ihren Traum eingebaut.»

«Nun ja», sagte der junge Mann, «von da an richtete ich meinen Blick mehr nach unten. Ich blickte nur rasch im Vorüberfallen in die Fenster, aber meistens sah ich nach unten. Mittlerweile waren zwischen den dunklen, kieselartigen Hüten große weiße Flecken entstanden. Sehr bald konnte ich deutlich Hüte und Gesichter unterscheiden. Ich sah zwei Taxis beim Ausbiegen zusammenstoßen. Aus dem wirren Gemurmel da unten stieg der Schrei einer Frau zu mir auf, der, wie ich fand, nur zu berechtigt war. Während ich in liegender Stellung weiterfiel, meinte ich bereits Schmerzen in den Körperteilen zu spüren, die zuerst unten aufschlagen würden. Ich wälzte mich also auf den Bauch – wissen Sie, *so* –, aber das war noch grauenhafter. Ich richtete die Beine abwärts, aber da taten mir die Füße weh. Ich versuchte mit dem Kopf voran zu fallen, damit es rascher zu Ende wäre, aber das war auch keine befriedigende Lösung. So drehte und wand ich mich hin und her – sehen Sie, *so*.»

«So beruhigen Sie sich doch, bitte», sagte der Psychiater. «Sie brauchen das nicht zu demonstrieren.»

«Entschuldigen Sie», sagte der junge Mann. «Ich habe mir das von Maisie angewöhnt.»

«Setzen Sie sich», sagte der Psychiater, «und fahren Sie fort.»

«Die letzte Nacht», sagte der junge Mann verzweifelt, «das war die achtunddreißigste Nacht.»

«Da müssen Sie bis hierher gekommen sein», sagte der Psychiater. «Mein Büro liegt im Zwischenstock.»

«So ist es», rief der junge Mann. «Und ich fiel mit furchtbarer Geschwindigkeit hier an diesem Fenster vorbei. Ich blickte hinein. Herr Doktor, ich habe Sie gesehen. So deutlich, wie ich Sie jetzt sehe!»

«Mr. Rotifer», erwiderte der Psychiater mit bescheidenem Lächeln, «ich komme sehr häufig in den Träumen meiner Patienten vor.»

«Aber da war ich noch nicht Ihr Patient», sagte der junge Mann. «Ich wußte nicht einmal, daß es Sie gibt. Ich wußte nichts von Ihnen bis heute morgen, als ich nachsah, wem dieses Büro gehört. Ach, Herr Doktor, ich war so erleichtert, als ich sah, daß Sie kein Theateragent sind.»

«Und wieso waren Sie erleichtert?» fragte der Spezialist verständnislos.

«Weil Sie nicht allein waren. In meinem Traum, meine ich. Eine junge Dame war bei Ihnen. Eine junge Dame mit schönem, goldblondem Haar. Und sie saß auf Ihrem Schoß, Herr Doktor, und hatte die Arme um Ihren Hals gelegt. Ich habe fest geglaubt, hier wäre auch eine Theateragentur. Und ich dachte: ‹Was für schönes goldblondes Haar! Genau wie Maisies Haar.› In diesem Augenblick wandten Sie beide Gesichter zum Fenster. Sie war es! Maisie! Meine Maisie!»

Der Psychiater lachte sehr herzlich. «Mein lieber Herr», sagte er, «da können Sie völlig beruhigt sein.»

«Trotzdem», sagte der junge Mann, «packte mich heute morgen im Büro eine unerträgliche Neugier, der fast unwiderstehliche Drang, aus dem Fenster zu springen, bloß um in dieses Zimmer hineinzusehen.»

«Sie hätten zu Ihrem Leidwesen gesehen», sagte der Psychiater, «daß keinerlei Grund für Ihre unbesonnene Tat vorlag. Da Ihre Verlobte keine Patientin von mir ist, kann sich bei ihr auch nicht das vollzogen haben, was wir eine Übertragung nennen – eine ganz harmlose Angelegenheit, die aber auf seiten des Patienten zuweilen zu leidenschaftlichen Ausbrüchen führt. Im übrigen haben wir unser Berufsethos, und in der Sprechstunde würde so etwas nie vorkommen. Nein, mein lieber Herr, die Symptome, die Sie mir geschildert haben, sind relativ unkompliziert: ein sich wiederholender Traum, eine kleine Zwangsneurose – nichts, was nicht in der entsprechenden Zeit zu heilen wäre. Wenn Sie mich wöchentlich drei- bis viermal aufsuchen können, werden wir bestimmt in wenigen Jahren eine entscheidende Besserung erzielen.»

«Aber, Herr Doktor», rief der junge Mann verzweifelt, «ich kann jeden Augenblick unten aufschlagen!»

«Doch nur im Traum», sagte der Psychiater beruhigend. «Halten Sie sich das immer klar vor Augen, besonders aber, wenn Sie unten aufprallen. Im übrigen gehen Sie wieder in Ihr Büro, tun Sie Ihre Arbeit wie gewöhnlich, und machen Sie sich möglichst wenig Sorgen.»

«Ich werd's versuchen», sagte der junge Mann. «Aber es ist wirklich erstaunlich: Sie sehen genauso aus wie in meinem Traum, sogar diese kleine Krawattennadel mit der Perle habe ich gesehen.»

«Das Geschenk einer sehr bekannten Dame», erklärte der Psychiater, während er den Besucher lächelnd hinauskomplimentierte, «die auch immer vom Fallen träumte.» Damit schloß er die Tür hinter dem jungen Mann, der, so melancholisch wie er gekommen, kopfschüttelnd davonging. Der Psychiater setzte sich an seinen Schreibtisch und legte die Fingerspitzen aneinander, wie es Psychiater zu tun pflegen, wenn sie darüber nachsinnen, wieviel ein neuer Patient wert sein mag.

Er wurde in seiner Meditation durch seine Sekretärin unterbrochen, die den Kopf zur Tür hereinsteckte. «Miss Mimling möchte Sie sprechen», sagte sie. «Sie ist für zwei Uhr dreißig angemeldet.»

«Sie möchte hereinkommen», sagte der Psychiater und erhob sich, um die eintretende junge Dame zu begrüßen, die wie eine wildgewordene Maus aussah, der man zuviel Wasserstoffsuperoxyd über den Kopf geschüttet hat. Sie war schrecklich aufgeregt. «Oh, Herr Doktor», sagte sie, «ich *mußte* Sie einfach anrufen. Als ich Ihren Namen im Buch sah, wußte ich natürlich sofort, daß Sie das sind. Ich habe nämlich Ihren Namen an der Tür gelesen. Im Traum, Herr Doktor. Im Traum.»

«Wir wollen uns in Ruhe darüber unterhalten», sagte der Seelenarzt, während er sich bemühte, sie in den tiefen Armsessel zu dirigieren. Sie war viel zu zappelig und setzte sich auf die Ecke seines Schreibtisches.

«Ich weiß ja nicht, ob Sie glauben, daß an Träumen was *dran* ist», sagte sie. «Aber dieser Traum war wirklich sehr merkwürdig. Ich träumte, daß ich vor Ihrer Tür stände, und da war das Schild mit Ihrem Namen, genau wie in Wirklichkeit. So kam es, daß ich im Telefonbuch nachschlug, und wirklich, da stand Ihr Name. Da dachte ich, ich muß einfach zu Ihnen gehen.

Ja, ich habe geträumt, ich käme in Ihr Sprechzimmer, und ich setzte mich hier auf den Schreibtisch, genau wie jetzt, und unterhielt mich mit Ihnen, und mit einemmal – natürlich, ich weiß, es war nur ein Traum –, mit einemmal hatte ich so ein Gefühl ... also wirklich, ich weiß kaum, wie ich Ihnen das beschreiben soll. Mir war, als wären Sie mein Vater und mein großer Bruder und ein junger Mann, den ich mal gekannt habe – Herman Myers hieß er –, alles in einer Person. Ich weiß gar nicht, wie ich darauf komme – selbst im Traum –, denn ich bin mit einem jungen Mann verlobt, den ich mit meinem ganzen Bewußtsein liebe, und ich glaubte, ich liebe ihn auch mit meinem Unterbewußtsein. Oh, es ist so gemein von mir!»

«Mein liebes Fräulein», schnurrte der Psychiater, «das ist nicht mehr und nicht weniger als das Phänomen der Übertragung. Das kann jedem passieren, und meistens passiert es auch.»

«Ja», sagte sie, «aber es übertrug mich auf Ihren Schoß und legte meine Arme um Ihren Hals – wissen Sie, *so*.»

«Nun, nun!» brummte der Psychiater sanft. «Was Sie mir da vorspielen, ist ein neurotischer Impuls ...»

«Ich spiele alles, was ich erzähle», sagte sie. «Darum bin ich auf Gesellschaften so beliebt – es wirkt so belebend. Aber dann, Herr Doktor, dann sah ich zufällig aus dem Fenster – wissen Sie, *so* ... Huh! Da ist er! Da war er! Es war Charlie! Oh, haben Sie den schrecklichen Blick gesehen, mit dem er uns ansah, als er vorüberfiel?»

Kleines Memento

Ein junger Mann schritt rasch einen Hohlweg hinauf und gelangte auf eine breite Hügelkuppe mit einem Weiler, der sich um einen Anger herum gruppierte. Es gab einen Ententeich und den weiß getünchten Gasthof ‹Zum Fuhrmann›, dessen Wirtshausschild im Wind schaukelte, und auch sonst alles, was zu einem sauberen, adretten, stillen Hochlanddörfchen in Somerset gehört.

Die Straße ging weiter bis zur äußersten Kante des Hochplateaus, und das tat auch der junge Mann; hinter einem weißen Tor sah er einen langgestreckten Garten, wohlbestückt mit Obstbäumen, an dessen Ende im Schutz eines niedrigen Wäldchens ein schmuckes Häuschen stand, das einen weiten Ausblick ins Tal bot. In diesem Garten werkelte ein alter Mann von erstaunlich wohlwollendem Aussehen, der aufblickte, als Eric Gaskell – so hieß der Wanderer – sich seinem Tor näherte.

«Guten Morgen», sagte er. «Ein schöner Septembertag!»

«Guten Morgen», sagte Eric Gaskell.

«Ich habe heute früh mein Fernrohr herausgeholt», sagte der Alte. «Ich komme in letzter Zeit nicht mehr oft ins Tal hinunter. Der Rückweg ist mir ein bißchen zu steil. Aber ich habe meine Aussicht und mein Fernrohr. Ich weiß wohl alles, was in der Gegend vorgeht.»

«Das ist hübsch für Sie», sagte Eric.

«Ja», sagte der Alte. «Sind Sie nicht Mr. Gaskell?»

«Ja», sagte Eric. «Ich weiß. Wir haben uns im Pfarrhaus getroffen.»

«Richtig», sagte der Alte. «Sie gehen oft hier spazieren. Ich sehe Sie immer vorüberkommen. Heute dachte ich: ‹Also das ist ein Tag für ein Schwätzchen mit dem jungen Mr. Gaskell!› Treten Sie ein.»

«Danke», sagte Eric. «Für ein paar Minuten.»

«Und wie gefällt es Ihnen und Ihrer Frau in Somerset?» fragte der Alte, sein Tor öffnend.

«Ausgezeichnet», sagte Eric.

«Meine Wirtschafterin hat mir erzählt, daß Sie von der Ostküste kommen. Ein sehr gesundes Klima. Die Nichte meiner Wirtschafterin ist bei Ihnen als Hausmädchen. Ist es Ihnen hier nicht zu langweilig? Zu rückständig? Zu altmodisch?»

«Gerade das gefällt uns so gut», sagte Eric, während er mit dem Hausherrn unter einem Apfelbaum auf einer weißen Bank Platz nahm.

«Ja», sagte der Alte, «die jungen Leute von heute haben etwas für altmodische Dinge übrig. Das war zu meiner Zeit anders. Hier in der Gegend wohnen meist alte Käuze, wissen Sie. Natürlich mit Ausnahme von Hauptmann Felton, aber sonst – der Pfarrer, der Admiral, Mr. Coperus und all die anderen – alles alte Käuze. Das macht Ihnen nichts aus?»

«Im Gegenteil», sagte Eric.

«Jeder hat seine Liebhaberei», fuhr der Alte fort. «Coperus ist dabei, ein richtiger Altertumsforscher zu werden; der Admiral hat seine Rosen.»

«Und Sie haben Ihr Fernrohr», sagte Eric.

«O ja, mein Fernrohr», sagte der Alte. «Gewiß, ich habe mein Fernrohr. Aber mein Hauptzeitvertreib – auf den ich mir wirklich etwas einbilde – ist mein Museum.»

«Sie haben ein Museum?»

«Ja, ein Museum», sagte der Alte. «Ich möchte, daß Sie mal einen Blick hineinwerfen und mir sagen, was Sie davon halten.»

«Es wird mir ein Vergnügen sein», sagte Eric.

«Dann kommen Sie gleich mit», sagte der Alte und führte ihn zum Haus. «Ich habe selten Gelegenheit, Fremden meine Sammlung zu zeigen. Sie müssen Ihre Frau einmal mitbringen. Glauben Sie denn, daß sie in dieser stillen Gegend genug Unterhaltung hat?»

«Sie ist von der Landschaft begeistert und kann gar nicht genug davon sehen. Sie fährt fast täglich spazieren.»

«Ja, ganz allein mit ihrem kleinen Sportwagen», sagte der Alte. «Gefällt ihr das Haus?»

«Nun, ich weiß nicht», sagte Eric. «Als wir uns letztes Frühjahr entschieden, gefiel es ihr. Sogar sehr gut.»

«Es ist ein sehr hübsches Haus», sagte der Alte.

«In der letzten Zeit scheint es sie ein bißchen zu bedrücken, fürchte ich», erzählte Eric. «Sie sagt immer, sie muß ins Freie, um frische Luft zu schöpfen.»

«Das ist der Klimawechsel», sagte der Alte. «Wenn man vorher an der Ostküste gelebt hat.»

«Ja, wahrscheinlich», sagte Eric.

Inzwischen waren sie an der Haustür angelangt, und der Alte komplimentierte Eric hinein. Sie betraten ein sehr gemütliches und gepflegtes Zimmerchen mit blankpolierten Möbeln, in dem peinliche Ordnung herrschte. «Das ist mein kleines Wohnzimmer», erklärte der Alte. «Neuerdings auch mein Eßzimmer. Den Salon und das kleine Arbeitszimmer dahinter habe ich ganz für mein Museum freigemacht. So, da wären wir.»

Er stieß eine Tür auf. Eric trat ein und sah sich erstaunt um. Er hatte das Übliche erwartet: ein paar Vitrinen mit wohlgeordneten römischen Münzen und Werkzeugen aus der Steinzeit, einer Schlange in Spiritus, vielleicht einem ausgestopften Vogel oder ein paar Vogeleiern. Aber sowohl der Salon als auch das durch die Verbindungstür sichtbare Arbeitszimmer war vollgestopft mit einer Sammlung von so zerbrochenem, verbeultem, schmutzigem Plunder, wie er noch nie gesehen hatte. Das Sonderbarste war, daß kein Gegenstand in diesem Durcheinander von Gerümpel auch nur den geringsten antiken Wert hatte. Es sah so aus, als wären mehrere Wagenladungen gemischter Abfälle vom Müllhaufen des Dorfes aufgelesen und über Tische und Kredenzen, Stühle und Fußboden der beiden Räume ausgeschüttet worden.

Der alte Mann weidete sich in bester Laune an Erics Erstaunen und sagte: «Sie finden, daß diese Sammlung nichts mit dem zu tun hat, was man für gewöhnlich in Museen findet. Sie haben recht, Mr. Gaskell. Aber Sie müssen wissen, daß jeder Gegenstand, den Sie hier sehen, seine Geschichte hat. Das alles sind Kieselsteine, abgeschliffen und zerbrochen vom Strom der Zeit, der über die Dörfer unseres stillen, kleinen Bezirks hinweggerollt ist. Zusammengenommen ergeben sie – ein Protokoll. Hier eine Kriegserinnerung: ein Telegramm an die Familie Bristow in Ober-Medlum mit der Nachricht, daß ihr Sohn gefallen ist. Es hat Jahre gedauert, bis ich es der armen Mrs. Bristow entlocken konnte. Ich habe ihr dafür ein Pfund gegeben.»

«Sehr interessant», sagte Eric.

«Der Schubkarren da», sagte der Alte, auf ein zersplittertes Wrack deutend, «hat zwei Todesfälle verursacht. Er ist eine Böschung hinunter in ein vorbeifahrendes Auto hineingerollt. Es stand in allen Zeitungen. ‹Dorftragödie›.»

«Wie merkwürdig!» sagte Eric.

«Das alles gehört zum Leben», sagte der Alte. «Hier ist ein Gürtel von einem irischen Landarbeiter, den er im Kampf mit den Zigeunern verloren hat. Dieser Hut ist von dem Mann, dem die Kirchfarm gehörte – gleich neben Ihrem Haus. Er gewann einen Preis beim Irland-Rennen, und dann hat er sich zu Tode getrunken, der arme Kerl! Das sind ein paar Ziegel von meinem Gärtnerhäuschen. Es ist nämlich abgebrannt, und kein Mensch kennt die Ursache des Brandes. Diese Schlange hier kam voriges Jahr irgendwie in die Kirche. Sie wurde während des Gottesdienstes entdeckt, und Hauptmann Felton hat sie getötet. Ein sehr stattlicher Mann, der Hauptmann, finden Sie nicht?»

«Ja. Wahrscheinlich. Ich kenne ihn kaum.»

«Wie komisch! Und ich dachte, Sie und Ihre Frau wären gut mit ihm befreundet.»

«Wie kommen Sie darauf?»

«Vielleicht habe ich es mir nur eingebildet. Hier ist ein recht trauriges Museumsstück: die Hörner eines Stiers, den Bauer Lawson auf meiner Wiese weiden ließ. Jemand hat das Gatter offengelassen, da ist er ausgebrochen und hat auf der Straße einen Mann aufgespießt.»

«Wir kennen Hauptmann Felton kaum», sagte Eric. «Wir lernten ihn kennen, als wir herkamen, aber . . .»

«Gewiß, gewiß», sagte der Alte. «Hier ist ein anonymer Brief. Dann und wann bekommt man so etwas in unserer Gegend, wie fast überall. Diesen hat mir Mr. Coperus geschenkt.»

«Stellen die Andeutungen in Ihren anonymen Briefen hier sich meist als begründet heraus?» fragte Eric.

«Ich glaube wohl», sagte der Alte. «Irgend jemand scheint über alles, was vorgeht, unterrichtet zu sein. Hier habe ich etwas, was sich leider nicht lange halten wird: ein Riesenbovist vom Friedhof. Sie werden dort größer als anderswo. Fühlen Sie mal, wie leicht er ist.»

Er schob ihn Eric hin. Der war mit Pfeife und Tabaksbeutel beschäftigt gewesen und legte sie jetzt hin, um den Bovist in die Hand zu nehmen. «Sehr leicht», sagte er. «Wunderbar.»

«Kommen Sie hier durch», rief der Alte eifrig. «Ich habe meine Stiefel vergessen.» Eric folgte ihm, den Riesenpilz noch in der Hand. «Diese Stiefel», sagte der Alte, «sind von einem Landstreicher, der ertrunken in einem Teich gefunden wurde. In dem kleinen Teich neben Hauptmann Feltons Haus.»

«Was macht Felton eigentlich?» fragte Eric.

«Er hat ein Einkommen», sagte der Alte. «Er amüsiert sich.»

«Womit amüsiert er sich?» fragte Eric sehr beiläufig.

Der Alte zwinkerte ihm zu. «Ich fürchte, der Hauptmann ist ziemlich hinter den Damen her.»

«Tatsächlich?»

«Es wird alles Mögliche erzählt», sagte der Alte. «Der Hauptmann ist sehr diskret, aber – sie wissen ja, wie das ist. Der große Kristall da oben ist aus dem Steinbruch – einen knappen Kilometer von hier an unserer kleinen Straße. Aber dieser Steinbruch ist seit vielen Jahren außer Betrieb. Man kann von der Straße aus hineinfahren, und es heißt, der Hauptmann benutze ihn für heimliche Rendezvous. Meine Güte, ich sollte keinen Klatsch erzählen. Aber Tatsache ist, daß die Hütebuben von oben hingesehen haben, und solche Geschichten kommen natürlich herum. Die Leute haben ihren Spaß daran. Ich fürchte, eines Tages wird einer der werten Herren, bei denen der Hauptmann sozusagen die Grenze der familiären Beziehungen überschritten hat, einen Blick in den Steinbruch werfen und – na ja, da liegen ziemlich große Steine herum. Die Katze hier habe ich selber ausgestopft. Mit dieser Katze hat es eine sehr merkwürdige Bewandtnis.»

«Sagen Sie», unterbrach ihn Eric, «ist Felton zur Zeit hier, oder ist er verreist?»

«Er ist hier», sagte der Alte. «Ich habe seinen Wagen erst vor einer Stunde vorbeifahren sehen. Ein roter Wagen. Rote Wagen sieht man nicht oft, obwohl gleich danach tatsächlich noch ein roter Wagen vorbeikam.»

«Ich – ich glaube, ich muß gehen», sagte Eric.

«Müssen Sie wirklich? Ich wollte Ihnen gerade von dieser unseligen Katze erzählen.»

«Ein andermal», sagte Eric.

«Dann ein andermal», sagte der Alte. «Es wird mir immer ein Vergnügen sein. Ich bringe Sie eben hinaus.»

Eric ging eilig durch das Gartentor.

«Wollen Sie nicht denselben Weg zurückgehen?» fragte der Alte. «Er ist näher.»

«Nein. Nein, ich muß andersrum gehen», sagte Eric.

«Da kommen Sie an Hauptmann Feltons Steinbruch vorbei», sagte der Alte. «Also, Wiedersehen. Kommen Sie bald wieder.»

Er sah Eric mit langen Schritten die Straße hinuntergehen und kletterte sogar auf eine Böschung, um ihm weiter nachsehen zu können. Als er Eric von der Straße abbiegen und quer über das Hügelland zum oberen Rand des Steinbruchs gehen sah, begab er sich gelassen wieder in sein Museum.

Dort fand er Erics Pfeife und Tabaksbeutel; er nahm sie in die Hand und streichelte sie mit unendlicher Zärtlichkeit. Erst nach einer ganzen Weile brachte er es über sich, ihnen sorgfältig einen Platz auf einem Regal einzuräumen und wieder an seine Gartenarbeit zu gehen.

Der indische Seiltrick

Henry Frazer, fest überzeugt davon, daß man so ziemlich alles mit Spiegeln machen könnte, erhielt einen Posten in Indien. Kaum hatte er den Fuß an Land gesetzt, brach er in wieherndes Gelächter aus. Von den Leuten, die ihn abholten, etwas beunruhigt nach der Ursache seiner Heiterkeit befragt, antwortete er, der bloße Gedanke an den indischen Seiltrick bringe ihn zum Lachen.

Er stieß ähnlich erschreckende Laute aus und gab dafür dieselbe Erklärung bei einem offiziellen Gabelfrühstück, das zu seinem Empfang gegeben wurde; desgleichen auf der Promenade, beim *Chota Peg*, in Rikschas und Basaren, im Klub und auf dem Poloplatz. Bald war er von Bombay bis Kalkutta bekannt als der Mann, der über den indischen Seiltrick lachte, und er sonnte sich in seiner wohlverdienten Popularität.

Eines Tages jedoch, als er in seinem Bungalow saß und sich tödlich langweilte, trat sein Boy ein und meldete mit den geziemenden Selams, draußen sei ein Gaukler, der untertänigst um die Ehre bitte, dem Sahib den indischen Seiltrick vorführen zu dürfen. Henry willigte herzlich lachend ein, ging hinaus auf die Veranda und setzte sich in seinen Stuhl.

Unten auf dem staubigen Vorhof stand ein Eingeborener von recht abgezehrtem Aussehen, der einen lebhaften Jungen, einen großen Bastkorb und ein kolossales Schwert bei sich hatte. Er zog ein an die zehn Meter langes Seil aus dem Korb, machte einigen Hokuspokus und warf es hoch in die Luft. Es blieb oben. Henry kicherte.

Dann packte der Junge mit einem Luftsprung das Seil und kletterte hurtig wie ein Affe Hand über Hand hinauf. Als er oben war, löste er sich in Luft auf. Henry lachte laut heraus.

Nach einem Weilchen begann der Mann, mit ängstlicher Miene nach oben spähend, nach dem Jungen zu rufen und zu schreien. Er rief, er befahl, er bettelte – der Junge kam nicht herunter. Dann ging er zu grauenhaften Flüchen und Verwünschungen über – der Junge schien keine Notiz davon zu nehmen.

Nun griff der Schwarze, nachdem er sein erschreckliches Krummschwert zwischen die Zähne geklemmt hatte, selbst nach dem Seil und kletterte wie ein Matrose hinauf. Auch er verschwand, als er oben war. Henry wurde immer fröhlicher.

Bald darauf waren aus luftiger Höhe wimmernde und zeternde Laute zu vernehmen, dann ein Schrei, der das Blut stocken ließ. Ein Bein flog herunter und landete mit dumpfem Aufschlag; ihm folgten ein Arm, ein Schenkel, ein Kopf und weitere Gliedmaßen, und schließlich (Damen waren zum Glück nicht anwesend) knallte ein nacktes Hinterteil gleich einer Bombe auf die Erde. Henry wand sich in Lachkrämpfen.

Dann kam der Schwarze, eine Hand am Seil, heruntergerutscht. Vor Aufregung schnatternd, präsentierte er Henry mit einem Selam die bluttriefende Klinge. Henry wiegte sich entzückt in seinem Stuhl.

Der Schwarze sammelte, scheinbar von Reue überwältigt, die einzelnen Stücke seines kleinen Gehilfen ein, wobei er jeden der grausigen Körperteile mit hundert Klagen und Zärtlichkeiten überschüttete, und verstaute sie alle in dem riesigen Korb.

Jetzt, fand Henry, war es höchste Zeit, den ganzen Hokuspokus zu entlarven; er war bereit, tausend zu eins darum zu wetten, daß sein ganzer Vorhof mit Spiegeln vollgestellt worden war, bevor der Boy ihn herausgerufen hatte. Er zog also seinen Revolver und schoß alle sechs Kammern leer, nach allen Richtungen, um wenigstens einen dieser trügerischen Spiegel zu zertrümmern.

Nichts dergleichen geschah; der Schwarze drehte sich vor Schreck einmal um sich selbst, blickte in den Staub zu seinen Füßen und hob eine garstige, kleine Schlange auf, nicht dicker als ein Bleistift, die eine von Henrys verirrten Kugeln getötet hatte. Er seufzte erleichtert auf, legte sehr höflich die Hand an den Turban, wandte sich wieder seinem Korb zu und machte einigen Hokuspokus. Sofort sprang der Junge heraus, heil und ganz, springlebendig, übers ganze Gesicht lächelnd und von Übermut und Gesundheit strotzend.

Der Schwarze holte hastig das Seil ein und kam unter vielen Verbeugungen zu Henry herauf, überströmend von Dankbarkeit für seine Rettung vor der garstigen kleinen Schlange, die nichts mehr und nichts weniger war als eine Paraguda – ein Biß, und man dreht sich elf Sekunden wie ein Riesenrad im Kreis, und dann ist man mausetot.

«Beim Himmelsgeborenen», sagte der Schwarze, «ich wäre ein Mann des Todes gewesen, und mein mutwilliger kleiner Junge hier, der mein Stolz und meine Freude ist, hätte zerstückelt im Korb liegen müssen, bis die Diener des Sahibs geruht hätten, ihn den Krokodilen vorzuwerfen. Der Sahib möge über uns verfügen – über unser unwürdiges Leben, unseren spärlichen Besitz, über alles.»

«Schon gut», sagte Henry. «Ich verlange weiter nichts, als daß du mir diesen Seiltrick zeigst, denn sonst werde ich von nun an ausgelacht.»

«Dürfte ich dem Sahib nicht lieber das Geheimnis eines unübertrefflichen Haarwuchsmittels verraten?» fragte der Mann schüchtern.

«Nein, nein», erwiderte Henry. «Nur den Trick.»

«Ich besitze das Geheimnis eines ganz besonderen Stärkungsmittels», sagte der Schwarze, «das der Sahib (natürlich nicht jetzt, sondern in späteren Jahren) vielleicht . . .»

«Den Trick», sagte Henry, «und zwar auf der Stelle.»

«Also gut», sagte der Schwarze. «Es ist die einfachste Sache der Welt. Ihr braucht nur ein kleines Kunststück zu machen, seht Ihr – so . . .»

«Einen Moment», sagte Henry. «So?»

«Genau», sagte der Schwarze. «Dann werft Ihr das Seil hoch – so. Seht Ihr? Es bleibt stehen.»

«In der Tat», sagte Henry.

«Jeder Junge kann daran hochklettern», sagte der Schwarze. «Los, Junge! Zeig es dem Sahib.»

Der Junge kletterte lächelnd hinauf und verschwand.

«Jetzt», sagte der Schwarze, «muß ich den Sahib bitten, mich einen Augenblick zu entschuldigen. Ich bin gleich wieder da.» Und er kletterte selbst hinauf, warf den Jungen stückweise herunter und kam in Windeseile wieder zur Erde gerutscht.

«Jeder Mensch kann das», erklärte er, während er Arme und Beine einsammelte. «Aber das, was ich an diesem Punkt mache, verlangt einen kleinen Kniff. Wenn der Sahib geruhen würde, genau zuzusehen – so!»

«So?» fragte Henry.

«Geradezu meisterhaft», sagte der Schwarze.

«Sehr interessant», sagte Henry. «Sag mal, was ist denn da oben, wo das Seil zu Ende ist?»

«Ah, Sahib», sagte der Schwarze lächelnd, «da ist etwas wahrhaft Entzückendes.»

Damit machte er seinen Selam und entfernte sich unter Mitnahme des Seils, des riesengroßen Korbes, des erschrecklichen Krummschwertes und des mutwilligen kleinen Jungen. Henry blieb etwas verdrießlich zurück: vom Dekkan-Hochland bis zum Khyber-Paß kannte man ihn als den Mann, der über den indischen Seiltrick lachte, und nun hatte er nichts mehr zu lachen.

Er beschloß, darüber Stillschweigen zu bewahren, aber leider genügte das nicht. Beim Gabelfrühstück und *Chota Peg*, im Klub und auf der Promenade, im Basar und beim Polo erwartete man sein wieherndes Lachen, und in Indien muß man tun, was von einem erwartet wird. Henry wurde äußerst unpopulär, intrigante Cliquen bildeten sich, und bald wurde er aus dem Staatsdienst entlassen.

Das war um so betrüblicher, als er inzwischen geheiratet hatte, eine hochgewachsene, kräftig gebaute, gepflegte Frau mit festem Blick und etwas herrischem Auftreten; sie war eifersüchtig wie eine Hexe, aber in jeder Hinsicht eine vollkommene Memsahib, die sehr wohl wußte, was ihr zustand. Sie schlug Henry vor, nach Amerika zu gehen und dort ein Vermögen zu machen. Er war einverstanden, sie schnürten ihr Bündel und machten sich auf die Reise nach Amerika.

«Hoffentlich», sagte Henry, als die Skyline von New York in Sicht kam, «hoffentlich gelingt es mir, dieses Vermögen zu machen.»

«Natürlich», sagte sie. «Du mußt nur darauf bestehen.»

«Gewiß, meine Liebe», sagte er.

Nach der Landung mußte er jedoch entdecken, daß alle Vermögen schon von anderen gemacht waren – eine ziemlich allgemeine Erfahrung unter denjenigen, die mit diesem Vorhaben nach Amerika kommen –, und nachdem er ein paar Wochen von Ort zu Ort gewandert war, hatte er seine Forderungen so weit herabgeschraubt, daß er mit irgendeiner Stellung zufrieden gewesen wäre, dann mit einer schlechtbezahlten Stellung und schließlich mit einer Mahlzeit und einem Bett für die Nacht.

Dieser Tiefpunkt war erreicht, als sie in einer kleinen Stadt im Mittelwesten ankamen. «Es hilft alles nichts, meine Liebe», sagte Henry. «Wir werden es mit dem indischen Seiltrick versuchen müssen.»

Seine Frau weinte laut und bitterlich bei dem Gedanken, daß eine Memsahib dieses Eingeborenenkunststück in einer Stadt des Mittelwestens vor einem Publikum von Mittelwestlern vorführen solle. Sie warf ihm vor, daß er seinen guten Posten verloren habe und überhaupt kein richtiger Mann sei, daß nur durch seine Schuld ihr Hündchen auf dem Korso überfahren worden sei und daß er in Bombay einem Parsenmädchen einen Blick zugeworfen habe. Aber Vernunft und Hunger obsiegten schließlich; sie verpfändeten ihre letzten Juwelen und investierten den Erlös in einem Seil, einer geräumigen Reisetasche und einem kolossalen, verrosteten alten Krummschwert, das sie in einem Trödelladen entdeckten.

Als Henrys Gemahlin das letztere sah, weigerte sie sich rundheraus weiter mitzumachen, es sei denn, daß Henry ihr die Hauptrolle überließe und selbst den Gehilfen spielte. «Aber», sagte Henry, während er mit ängstlichem Daumen über die stumpfe, schartige Schneide des grimmigen, rostigen Schwertes fuhr. «Aber», sagte er, «du kannst ja den Hokuspokus nicht.»

«Den wirst du mir beibringen», sagte sie, «und wenn irgend etwas schiefgeht, hast du es dir selbst zuzuschreiben.»

Henry zeigte ihr also den Hokuspokus, und ich brauche wohl nicht zu versichern, daß er sie sehr gründlich instruierte. Schließlich beherrschte sie alles perfekt, und nun brauchten sie sich nur noch mit Kaffee braun zu färben. Henry improvisierte für sich einen Turban und ein Lendentuch, während sie einen Sari trug, dazu zwei Aschenbecher, die sie vom Hotel ausgeborgt hatten. Sie suchten sich ein passendes unbebautes Grundstück, eine vielköpfige Menge sammelte sich, und die Vorstellung begann.

Das Seil wurde in die Luft geworfen und blieb selbstverständlich stehen. In der Menge erhob sich Gekicher, und man flüsterte einander zu, das alles werde mit Spiegeln gemacht. Henry kletterte unter erheblichem Gepuste Hand über Hand hinauf. Als er oben ankam, vergaß er die Menge, die Vorführung, seine Frau und sogar sich selbst, so überrascht und entzückt war er von dem Anblick, der sich ihm bot.

Er kroch aus einem brunnenähnlichen Schacht auf anscheinend festen Grund und Boden und befand sich in einer Umgebung, die mit der Landschaft unter ihm keinerlei Ähnlichkeit hatte, nämlich in einem indischen Paradies mit lauschigen Mulden, schattigen Lauben, scharlachfarbenen Ibissen und weiß der Himmel, was noch. Aber seine Überraschung und sein Entzücken galten weniger dieser Szenerie als einem jungen weiblichen Wesen in der nächststehenden Laube, die über und über von Passionsblumen umrankt, überdacht, umflochten und überwachsen war. Dieses sehr leicht bekleidete, bezaubernde Geschöpf, zweifellos eine echte Huri, schien Henry zu erwarten und hieß ihn voller Freude willkommen.

Henry – immerhin eine zärtliche Natur – schlang die Arme um ihren Hals und blickte ihr tief in die Augen, die er überraschend beredt fand. Sie schienen zu sagen: «Warum nicht die Feste feiern, wie sie fallen?»

Dieser Vorschlag eröffnete überaus angenehme Aussichten, und so drückte er denn einen langen Kuß auf ihre Lippen, wobei das Geschrei seiner Frau, die von unten nach ihm rief, nur als nicht weiter beachtenswerte Störung undeutlich in sein Bewußtsein drang. «Wie kann man, wenn man nur einen Funken Takt und Delikatesse besitzt, in einem solchen Augenblick so ein Geschrei machen!» dachte er, und dann vergaß er sie.

Man kann sich seine Enttäuschung vorstellen, als das herrliche Frauenbild ihn plötzlich von sich stieß. Er blickte über die Schulter und sah seine Frau, die mit erschreckend gerötetem Gesicht und dämonischer Wut in den Augen über den Rand kletterte, das mächtige Krummschwert fest zwischen den Zähnen.

Henry wollte sich erheben, aber sie kam ihm zuvor. Er hatte kaum den linken Fuß auf dem Boden, da versetzte sie ihm mit dem riesigen, schartigen Schwert einen Hieb über die Lenden, der ihn soweit lähmte, daß er ihr bäuchlings zu Füßen fiel. «Um Himmels willen», schrie er, «das ist doch alles nur ein Trick. Das gehört zur Nummer. Es bedeutet nichts. Denk an unser Publikum. Die Vorstellung muß weitergehen.»

«Das wird sie», sagte sie und schlug nach seinen Armen und Beinen.

«Oh, dieses stumpfe Schwert!» schrie er. «Bitte, meine Liebe, tu mir den Gefallen und schärfe es ein bißchen an einem Stein.»

«Für dich, du Giftnatter, ist es gut genug», sagte sie, unentwegt weiterhackend. Binnen kurzem war Henry ein arm- und beinloser Rumpf.

«Bei der Liebe Gottes», sagte er, «ich hoffe nur, daß du den Hokuspokus noch weißt. Ich kann dir dann alles erklären.»

«Zum Teufel mit dem Hokuspokus!» erwiderte sie mit einem letzten kräftigen Hieb: sein Kopf rollte wie ein Fußball am Boden.

Sie machte sich hurtig daran, die verstreuten Teile des armen Henry einzusammeln und zur Erde hinunterzuwerfen, alles unter dem Beifall und Gelächter der Menge, die mehr denn je der Überzeugung war, daß alles mit Spiegeln gemacht werde.

Dann nahm sie das Krummschwert zwischen die Zähne und wollte hinunterrutschen, nicht in der weichherzigen Absicht, ihren unseligen Gatten wieder zusammenzusetzen, sondern vielmehr um die umfangreicheren Stücke noch weiter zu zerhacken. Da aber merkte sie, daß jemand hinter ihr stand, und als sie sich umsah, gewahrte sie einen göttlichen jungen Mann, vornehm wie ein Maharadscha von der höchsten Kaste und schön wie Valentino, dessen Blick ihr zu sagen schien: «Besser auf dem Lager der

Lust verbrennen als auf dem elektrischen Stuhl.»

Dieser Gedanke war von unwiderstehlicher Überzeugungskraft. Sie nahm sich nur Zeit, den Kopf durch die Öffnung zu stecken und zu rufen: «Siehst du, so geht es einem Dreckskerl, der seine Frau mit einer ordinären Eingeborenen betrügt!» Dann holte sie das Seil ein und begann mit ihrem Buhlen zu plaudern.

Nach einer Weile erschien die Polizei auf dem Schauplatz. Von oben war nichts zu hören außer einem leisen Gurren wie von unsichtbaren Tauben im Liebesflug. Unten im Staub lagen Henrys verschiedene Körperteile, auf denen sich schon die Schmeißfliegen niederließen.

Alle Leute erklärten, das Ganze sei weiter nichts als ein Trick, der mit Spiegeln gemacht werde.

«Nach dem, was ich hier sehe», sagte der Wachtmeister, «muß der größte Spiegel direkt auf ihm zertrümmert worden sein.»

Inhalt

rororo thriller

Herausgegeben von Richard K. Flesch

PAUL ANDREOTA ● Mord im Zickzack [2240] ● Lebenswandel mit Todesfolge [2280]

THOMAS ANDRESEN ● Wer badet nachts in meinem Swimmingpool? [2350] ● Nur über Meiners Leiche [2375]

CARLOS BAKER ● Vom Hippie, der den Kopf verlor [2363]

GEORGE BAXT ● «Ich!» sagte der Dämon [2219] ● Flirt mit Scotland Yard [2287]

JOHN BINGHAM ● Geier in der Sonne [2288] ● Die dritte Haut [2339] ● Warum haben Sie gelogen, Sir? [2380]

ANDERS BODELSEN ● Profis und Amateure. Kriminalstories [2355]

BOILEAU/NARCEJAC ● Mensch auf Raten [2115] ● Parfum für eine Selbstmörderin [2174] ● Appartement für einen Selbstmörder [2209] ● Das Geheimnis des gelben Geparden [2232] ● Gesichter des Schattens [2251] ● Das Leben ein Alptraum [2319] ● Tote sollten schweigen [2349] ● Der Commissaire und andere unfreundliche Geschichten [2364] ● Leiche auf Urlaub [2371] ● Der Psychiater und andere bösartige Geschichten (Manignaces, Bd. 2) [2384 – Juli 1976]

J. M. BOSSE ● Schon damals in der Naha [2321] ● Sterben ist die erste Bürgerpflicht [2394 – Okt. 1976]

RUSSELL BRADDON ● Duell ohne Waffen [2391 – Sept. 1976]

CHRISTIANNA BRAND ● Gangster, Geister und Ganoven [2246]

LEO BRUCE ● Tod am See [2370]

● **Fahndung läuft.** Detektivgeschichten ausgewählt von The Times. Band 2 [2376]

STANTON FORBES ● Totentausch [2204] ● Ein Brief aus dem Gefängnis [2281] ● Eine Insel zum Sterben [2320] ● Beruf: Witwe [2379]

PAUL GEDDES ● Das Ottawa Puzzle [2366]

ARTHUR GOLDSTEIN ● So sollte keiner sterben müssen [2314]

T/X—'76

197/19